Unverkäufliches Leseexemplar
Bitte veröffentlichen Sie
Ihre Besprechungen
nicht vor dem 7. September

Antje Rávic Strubel

Fremd Gehen
Ein Nachtstück

marebuchverlag

marebibliothek
Geschichten vom Meer
Herausgegeben von Denis Scheck
Band 2

Die Deutsche Bibliothek – CIP-Einheitsaufnahme.
Ein Titeldatensatz für diese Publikation
ist bei der Deutschen Bibliothek erhältlich.

Deutsche Erstausgabe
1. Auflage 2002

Umschlaggestaltung Ⓢ sans serif, Berlin
Typografie Farnschläder & Mahlstedt, Hamburg
Herstellung Jan Enns, Wentorf bei Hamburg
Schrift Adobe Garamond und Linotype Syntax
Druck und Bindung Clausen & Bosse, Leck
Printed in Germany
ISBN 3-936384-01-0

www.marebuch.de

Wherever I am not
is the place where I am myself.

Paul Auster: *The New York Trilogy*

Die Geschichte hat mit einem Blick begonnen; der alte Mann unten auf der Brücke, der sich umdrehte, direkt zu Daniel am Fenster hochsah und ihn als jemand erkannte, der er nicht war.

Das Wasser trieb gegen die Böschung, überschlug sich und wurde zurück in die schnelle Strömung in Kanalmitte gerissen. Es kreiste vor dem Widerstand der Brückenpfeiler, bevor es unter der Brücke durchschoß und sich zu schaumigen Bränden aus Schmutz und Abgasablagerungen zusammenschob, dann wieder auseinandergerissen wurde und schließlich, geglättet, in gleichmäßiger Überflutung der unteren Uferabschnitte weiterfloß, während es herabgefallene Blätter ununterbrochen wieder an die Oberfläche spülte.

Aber das konnte Daniel nicht sehen. Es war ein gespeichertes Bild, abrufbar jetzt, wo der Blick aus dem Fenster ins Dunkel ging. Er mußte es vorhin flüchtig gesehen haben, als er gegen den peitschenden Wind am Ufer entlanggerannt war, den Kopf zwischen die Schultern gezogen, bevor er endlich den schützenden Hausflur erreichte. Der Regen war ihm in den Kragen gelaufen, während das Wasser gegen die Brückenbefestigung schlug.

Vom Fenster aus sah man nur so weit, wie der Radius der Lichtkreise reichte, die die falschen Gaslaternen in die Dunkelheit schnitten. Daniel lehnte die Stirn an das kühle Fensterglas. Sein Kopf war trotz der nassen Haare heiß.

Er lauschte auf das Summen und Schlagen der Äste, auch das nur in seiner Erinnerung, hinter geschlossenem Fenster blieb der Ton weg. Darunter tobte das Wasser, von dem Daniel jetzt nur eine schmale, schattige, kaum von den Laternen getroffene Spur erkannte.

Da löste sich an der Brücke gegenüber eine Gestalt aus dem Dunkel. Sie geriet in einen der Lichtkreise, die Laternen flackerten im Sturm, der sie in ihren Halterungen schwingen ließ, und Daniel konnte ihre Umrisse nur undeutlich sehen. Die Gestalt arbeitete sich langsam durch das Licht voran. Es sah aus, als wäre das Licht Material, das von ihrem Körper zusammengedrückt wurde. Dann erkannte Daniel einen Mann und beobachtete, wie er den beleuchteten Kreis unter der Laterne durchschritt und dabei den Mantelschoß zurückschlug, der sich in das Lichtmaterial einzugraben schien, von ihm aufgenommen wurde, als könnte er sich einer unsichtbaren, dem Licht zugrundeliegenden Struktur einschreiben, bis er sich schließlich wieder davon abhob und erneut ein Mantelschoß aus festem, grobem Stoff war. Er sah aus wie ein Militärmantel, der Mantel einer Marineuniform, die einmal blau gewesen war und dann zu oft im Regen gehangen hatte, auf einem der Flohmärkte im Tiergarten oder am Brandenburger Tor, wo die Russen noch immer alte Ostuniformen verkauften.

Daniel sah dem Mann hinterher, der sich plötzlich vorbeugte, direkt an der Uferböschung. Er zögerte, der Mantelschoß sperrte über seinen Beinen, dann schien der Mann seine Taschen umzustülpen und etwas in den Kanal zu werfen. Er stand da, als wäre hellichter Tag und der Sturm kein Wetter, das die Bewegung verlangsamt.

Daniel blieb, wo er war, dicht an der Fensterscheibe. Aber von hier oben war nicht zu erkennen, was der Mann in den Kanal geworfen hatte, ob er überhaupt etwas in den Kanal warf oder dort nur so vorgebeugt stand, um sich zu übergeben oder weil ihm schwindlig geworden war. Die Manteltaschen waren nach außen gestülpt. Aber es gab weder Enten noch Schwäne, und es war auch nicht die Zeit zum Entenfüttern.

Plötzlich drehte sich der Mann um. Er richtete sich auf, klopfte auf die Taschen und hob den Kopf. Und dann traf Daniel dieser Blick, erschreckend präzise, ein Blick, in dem er sich entlarvt vorkam. Daniel zuckte zurück und unterdrückte ein Kreischen, das er dennoch deutlich zu hören glaubte. Es war ein weibisches Kreischen, hoch und überraschend, und als er noch damit beschäftigt war, es einzusortieren in seine vom Tag her gewohnten Stimmlagen, war er schon wieder dicht ans Fenster getreten und sah, wie der Mann langsam auf das Haus zukam. Sein Blick blieb weiterhin an der Stelle hängen, an der Daniel stand. Aber dann zögerte er. Ohne die Blickrichtung zu verändern, kehrte er ins Zentrum des Laternenlichts zurück. Daniel hörte sich ausatmen. Den Mantel hatte der Mann immer noch geöffnet. Das Futter hing heraus. Vom Licht getroffen, sah es aus wie eine Innerei, die auf obszöne Weise präsentiert wurde.

Daniel fiel ein, daß sein Hosenstall offenstand. Er zog den Reißverschluß zu, hörte auf das vertraute Surren, und sein Körper paßte ihm wieder. Er stand am rechten Fenster seines Zimmers im vierten Stock. Auf der niedrigen Fensterbank spürte er ein paar Staubflocken, als er mit dem Finger darüberfuhr. Es war elf Uhr abends, und er hatte noch nichts gegessen. Er hatte pinkeln müssen, als er nach Hause kam, im Zimmer hatte das Fenster gegen die Wand geschlagen, und er hatte schnell gemacht und war mit offener Hose hinübergehastet. Jetzt ging er vom Fenster weg, ohne noch einmal nach unten zu sehen.

In der Küche setzte er Wasser auf und sah später in dem in dampfender Flüssigkeit schwebenden Teebeutel das Gesicht des Mannes, wie es von der Brücke aus zu ihm nach oben starrte. Im Teebeutel war es ein altes Gesicht, es stieg auf mit dem Dampf und verflüchtigte sich. Aber er war nicht mehr sicher, ob es tatsächlich das Gesicht eines Alten gewesen war. Er wußte nur, er hätte den Blick gern rückgängig gemacht. Aber das war ausgeschlossen, und Daniel mochte es nicht, an Dinge zu denken, die unmöglich waren. Er ignorierte sie wie Fragen, auf die es genau zwei einander widersprechende Antworten gab.

Dann löschte er das Licht und ging ins Bett. Das Haarband, das seine Freundin wie immer um sein Handgelenk gewickelt, ihm aber diesmal nicht wieder abgenommen hatte, legte er sich unter die Wange. Es roch nach ihr. Er konnte lange nicht einschlafen.

Am nächsten Tag war der Kanal fast unbewegt. Blätter

trieben bauchoben im Kreis, der Wind war herbstlich, aber warm, als Daniel mit dem Rad zur Uni fuhr. Die Gaslaternen brannten noch. Sie gaben mit ihren Lichthüllen, die sie matt dem Tageslicht entgegensetzten, wie immer Auskunft über das Versagen städtischer Regulierungssysteme.

Als er an der Uferstelle vorbeifuhr, an der der Alte gestern nacht gestanden hatte, sah er kurz hin. Das Gras war braun, dörr und niedergetreten. Aber weil nichts Besonderes zu sehen war, hörte er Kathleen lachen und wurde rot, als hätte sie tatsächlich gelacht und gesagt: «Dani, aus Mücken werden keine Elefanten.»

Hab ich doch nicht behauptet, protestierte er, während er in die Pedale trat, brauchst gar nicht so zu lachen, aber hat doch jeder mal, so Ängste, hast du doch auch, wie? nee, spielt überhaupt keine Rolle, ob jetzt Tag ist oder Nacht, du hast doch auch zuerst, meine Augen, hast du gesagt, die hätten dich sofort... ich? – nichts! was soll man da auch sehen, hab ja auch nicht erwartet, daß ich da was sehe, aber ich kann doch hingucken, wo ich will, oder?

Er kam am Zeitungsladen vorbei, der im Erdgeschoß eines fünfstöckigen Altbaus lag. In der letzten Woche hatten Bauarbeiter angefangen, hier ein Gerüst aufzustellen, und jetzt werkelten sie immer noch an derselben Stelle wie am Sonnabend. Da zum Beispiel sollte man besser nicht hingucken, dachte er, nicht mal aus den Augenwinkeln.

Vor der Uni schloß er das Rad an eine Laterne. Er schlitterte unter den Gesprächen auf den Fluren hindurch, ohne aufzusehen. Nur einmal hatte ihn jemand auf dem

Gang aufgehalten, ihn am Ärmel gezogen und angelacht, und das war Kathleen gewesen. Aber Kathleen hatte inzwischen ihr Studium geschmissen, und seither gingen ihn diese Gespräche nichts mehr an.

Das Referat hielt er in einem Zustand nüchterner Träumerei. Es war eins der Referate, bei denen er schließlich nicht mehr wußte, ob er sich wegen des Themas für sie entschieden hatte oder ob das Interesse nur den Vorlieben seiner Lieblingsprofessorin geschuldet war. Er hörte, während er sprach, die S-Bahn. Es roch nach ungeputzten Klobrillen und Damenparfüm. Aber ihn irritierte vor allem die unterdrückte Hysterie seiner Mitreferentin, der dauernd ein Zopf auf den Overhead-Projektor fiel und einen gedrechselten Schatten auf die Formeln an der Wand warf.

Danach erschien ihm der Tag überflüssig, eine Ansammlung von Stunden, mit denen er nichts anzufangen wußte. Er war müde und rief Kathleen an. Ihm graute vor dem einsamen Bett am Nachmittag. Aber auf dem Festnetz ging niemand ran, und auf ihrem Handy meldete sich unter Vogelgezwitscher nur die Mailbox. Schließlich legte er sich auf die Couch, paßte seinen Körper in die Form ein, die das Bettzeug beibehalten hatte, seit er heute morgen aufgestanden war, und knetete Kathleens Haarband, bis es wenigstens nach ihr roch. Den Moment des Einschlafens verpaßte er, was ihm hinterher jedesmal ungeheuerlich vorkam.

Auch am Dienstag vergeudeten die Gaslaternen Energie ans Tageslicht. Die Hälfte des Steueraufkommens geht für die Stromkosten eines einzigen Stadtbezirkes drauf, dachte

Daniel, verzichtete jedoch darauf, es nachzurechnen, schob das Portemonnaie in seine Gesäßtasche und nahm zwei Treppenstufen auf einmal.

Noch bevor er die Haustür geöffnet hatte, spürte er eine Aufregung, von der oben unter dem Dach nichts zu bemerken war. Ein Surren ging durch das Haus, wie auf Stromleitungen gezogene Angst. In der Wohnung im Erdgeschoß stand die Tür offen. «Aber ich sage Ihnen doch, ich habe geschlafen!» hörte er eine Frau sagen, dreimal, bevor er draußen war.

Das Viertel steckte voller verlassener Ehefrauen. Eines Tages kehrten die Ehemänner zurück, prügelten weiter oder brachten sich um, und die Frauen konnten es einfach nicht fassen. Als Daniel auf die Straße kam, war die Brücke abgesperrt, eine Polizistin lief mit ausgestreckten Armen über den Gehweg in Richtung einer anderen Erdgeschoßwohnung. Die Aufregung kam von hier. Auf der rechten Straßenseite standen zwei Einsatzwagen der Polizei, und in der Uferböschung hockte die Spurensicherung. Als einer von ihnen mit einer Plastikhülle nach oben kam, starrte Daniel auf die vom Ufergras nassen Hosenbeine und konnte sich von diesem Anblick erst lösen, als die Polizistin knapp vor ihm die Straße überquerte. Er überlegte, ob er sie ansprechen sollte, zog es dann aber vor, ohne stehenzubleiben in der Bäckerei gegenüber zu verschwinden.

«Was'n da los?»

«Na, juten Morjen!» Die Bäckersfrau schob ihm die Zeitung über die hohe Glastheke. «Spät dran heute, wa?»

«Wieso?», sagte Daniel. «Schon wieder kein Krustenbrot mehr da? Und ich nehm noch eins von der Quarksahne.» Die Theke reichte ihm bis auf Schulterhöhe, und Daniel mußte sich auf die Zehenspitzen stellen, wenn er in der Zeitung etwas erkennen wollte.

Er mochte es nicht, der Bäckersfrau auf Zehenspitzen gegenüberzustehen; er kam sich vor wie ein kleiner Junge, der der Welt noch nicht gewachsen war.

«'n Stück Schenkel hamse gefunden. Das war alles», sagte die Bäckersfrau. «'n rausgefetztes Stück Unterschenkel. Und dann könnse noch nicht mal sagen, ob er von 'nem Mann oder von 'ner Frau is. Keene Leiche. Nix. War ja logisch.» Sie nickte nach draußen. «Das einzige, was die heutzutage noch lernen, is Wasserwerfer lenken!» Sie schaufelte das Stück Quarksahne auf einen Pappteller.

Die taz hatte sie mit der Rückseite nach oben gedreht, und Daniel versuchte, auf der Theke die Überschrift zu lesen.

«Hinweise nimmt jede Polizeidienststelle entgegen», äffte die Bäckersfrau einen Fernsehbeamten nach. «Aber wer geht'n da heut noch hin, wenn man nich gleich fett Belohnung abkassieren kann?» Sie sah ihn an wie die Serienpolizisten, denen er beim Hemdenbügeln zusah.

«Und was genau ist eigentlich passiert?» fragte er.

«Das mußte schon die Bullen fragen», sagte die Bäckersfrau. «Als ob das noch 'ne Rolle spielt. Und die taz ist ja ooch keen Katastrophenjournal!»

Bäckersfrauen beherrschten die Welt, aber sie waren nicht

in der Lage, auch sich selbst zu begreifen, ihre gedanklichen Ausschlüsse und Einschübe, die nicht immer einer Logik folgten.

Er war Mathematikstudent im siebten Semester, hieß Daniel Stillman und hielt sich für nicht mehr oder weniger besonders als andere Menschen, vielleicht für etwas weniger aufregend als diejenigen, in die er sich verliebte. Aber das war Zufall. Er glaubte ein bißchen an Zufälle, so wie er ein bißchen an Gott glaubte und an die Unvorhersehbarkeit des eigenen Todes. Nur der Blick des alten Mannes vorgestern nacht hatte zum Aussetzen jeglichen Zufalls geführt, und er war sich nicht sicher, ob der Blick auch schon kein Zufall mehr gewesen war und der Alte eine perverse Freude daran gehabt hatte, ihn in diese Angelegenheit hineinzuziehen. Daniel Stillmann war sicher, daß die Spurensicherung und dieser Alte vorgestern nacht auf der Brücke zwei Antworten auf ein und dasselbe Ereignis waren.

Er sah den Mantel des Alten im Laternenlicht verschwinden und wiederauftauchen, und es kam ihm vor, als hätte er sich in diesem kurzen Moment, in dieser Spanne aus Licht, verändert.

«Schreiben sie auch ...», er zögerte, «wann es passiert ist?» Er sah der Bäckersfrau in die Augen. Vielleicht war der Mann, bevor er ins Licht getreten war, jung gewesen.

«Mensch, ick hab zu tun, Junge, oder gloobste, ick mach hier 'ne Presseschau!»

Noch bevor Daniel den Artikel bis zu Ende gelesen hatte, war er sicher, daß die vermutete Tatzeit mit der Anwesenheit des Alten unten auf der Brücke übereinstimmte. Und als er es dann las, war er weder erstaunt, noch sah er ein einziges Mal auf, um der Bäckersfrau von dieser merkwürdigen Übereinstimmung zu erzählen. Mit Genugtuung stellte er fest, daß er mehr wußte als sie. Aber jeder Versuch, sie mit seinem Wissensvorsprung auszuspielen, wäre kindisch gewesen. Dann hätte sie ihm, wie er da so auf Zehenspitzen vor ihr stand, die Welt erklärt, die eine Welt aus Wasserwerfern, Abzockern, Sexualtätern und Graffitisprüchen an den Wänden besetzter Häuser war. Seine Waden begannen zu zittern.

Die einfache Mathematik sagte, daß innerhalb der wenigen Sekunden, die der Mann sich überhaupt an der Uferböschung aufgehalten hatte, kein Mord möglich war. Und die höhere Mathematik bestand darin, Zufälle einzukalkulieren und hinter den Zufälligkeiten Prinzipien zu vermuten, die in Formeln faßbar waren und so schließlich die Welt nach Gesichtspunkten erklären konnten, in denen die Übereinstimmung zwischen dem Zeitpunkt eines Mordes und der Anwesenheit eines Mannes am selben Ort noch keinen Mörder ergeben mußte. Es gab also keinen Grund, sich für bloß irrwitzige Vermutungen von einer Bäckersfrau abkanzeln zu lassen, und er ging von den Zehenspitzen wieder herunter.

Während die Quarksahne-Schnitte in einer Papiertüte verschwand, versuchte Daniel sich an den Alten zu erinnern. Er sah das obszön leuchtende Futter eines geöffneten Mantels. Er las noch einmal die Schlagzeile.

«Was wirst'n jetzt gleich so blaß?» sagte die Bäckersfrau. «Weißte doch, an 'nem Ort, wo gerade was passiert ist, passiert so schnell nix mehr. Für 'n paar Tage, würd ich sagen, sind wir hier der sicherste Platz on earth!»

«Na, wenn die Zeitung hier auch angekettet ist! Da muß man ja die ganze Zeit auf Zehenspitzen stehen. Bis einem schlecht wird.»

«Auf Zehenspitzen?»

«Ja! – Wie soll man das sonst lesen?»

«Vielleicht ißte mal was. Und die Zeitung kannste ruhig haben. Wird man sowieso ganz foxy von. Wenn de das jeden Tag liest, fängste noch an zu glauben, wir wär'n im Orient!»

Er las die Zeitung, ans Brückengeländer gelehnt, von vorn bis hinten durch, und als er fertig war, las er den Artikel über den Mord an der Uferböschung noch einmal sehr genau. Es waren schnelle Vermutungen über ein grausames Verbrechen, die hauptsächlich der Schlagzeile zuliebe formuliert worden waren. «Arm dran: Ohr ab!» stand über einem Foto von grell ausgeleuchtetem Fleisch. Das Foto zeigte ein Ohrläppchen, das unterhalb der Admiralsbrücke gefunden worden war. Es mußte, in einem Kampf, abgerissen worden sein. Ein Ohrstecker war halb herausgerutscht.

«Der Besitzer des Ohrläppchens mit der stromlinienförmigen Muschel möchte sich melden», las Daniel. Der Artikel war blanker Spott. Ein Ohrläppchen, hieß es, könne in Kombination mit einem Stück Schenkel heutzutage offenbar schon eine perfekte Leiche ergeben. Diese war dann auch noch mit der Strömung getrieben und von einer Schiffsschraube zerschreddert worden. Am Ende machte die taz aus dem Ohrläppchenbesitzer einen Junkie mit Van-Gogh-Syndrom. Das Stück Schenkel stammte in ihrer Version von einer Prothese aus Cyber-Skin.

Zum ersten Mal fand Daniel seine Lieblingszeitung erschreckend fahrlässig. Offenbar gab es bisher nur wenige Fakten. Aber das wenige, was die taz aus einer Pressekonferenz anführte, war schwerwiegend genug, um ernst genommen zu werden. Auf dem Schiff waren Geräusche gehört worden, als die Leiche von der Schraube zerfetzt worden war. Die Gäste hatten gerade eine Weihnachtsfeier begangen und gedacht, das Geräusch gehöre zur Performance. Aber bei der Befragung durch die Polizei konnten sich die Passagiere deutlich daran erinnern. Der Unterschenkel, von dem auch die Bäckersfrau gesprochen hatte, war fünfhundert Meter flußabwärts in ein Entenhaus getrieben, wo ihn in den frühen Morgenstunden ein Arzt entdeckt hatte, der am Ufer entlang auf dem Nachhauseweg war.

Trau niemals einem alten Mann, sonst bist du morgen selber dran, der ätzende Spruch aus der Kindheit mit der passenden mütterlichen Betonung. Daniel sah zu den Einsatzwagen hinüber. Er sah die Polizistin aus einem Hauseingang treten und hastig die Straße überqueren und dachte, wenn Frauen einen Adamsapfel hätten, würde der ihnen vor Aufregung rausrutschen. Aber im Grunde war er froh, daß die Polizei den Fall doch ernst nahm.

Dann konzentrierte er sich wieder auf den Artikel. Davor schwebte das Teebeutelgesicht, das er inzwischen nicht mehr von dem, das er zuvor im Gaslaternenlicht gesehen hatte, unterscheiden konnte. Ein geronnenes Lächeln, das, vom

Wasserdampf aufgeblasen, überdimensionale Züge annahm und ihm nur deshalb verändert, vielleicht jünger vorkam. Der Mann war alt. Das war schon an seiner Haltung im Lichtkreis der Laterne erkennbar gewesen. Nicht weit von hier gab es das Urban-Krankenhaus. Der Alte konnte ein Patient sein, der seinen abendlichen Spaziergang ungewöhnlich lange ausgedehnt oder sich verlaufen hatte. Ahnungslos, vielleicht senil, hatte er eine Brücke überquert, an der kurz zuvor oder kurz danach ein Mord passiert war. So lautete die einfachste Formel.

Dennoch kehrte Daniel nicht sofort in seine Wohnung zurück. Zwischen den Stämmen der Kastanien hindurch sah er die Polizistin an einem der Einsatzwagen lehnen, und er überlegte, ob er hinübergehen, seine Beobachtungen melden und ihr erklären sollte, wie es sich mit den Wahrscheinlichkeitsrechnungen verhielt. Aber als sie den Kopf drehte und in seine Richtung sah, kühle Herablassung im Blick, entschied er sich dagegen. Ihr Blick schien jedes Wort auf Hohlräume abzutasten und ließ seine unsicheren Beobachtungen einer schattenhaften Erscheinung in sich zusammenfallen. Nicht einmal das Gesicht des Alten konnte er überzeugend beschreiben. Er hätte vorgestern ein Fernglas haben müssen, einen Fotoapparat mit monströsem Objektiv, das er auf den Alten hätte ansetzen, mit dem er jede Einzelheit hätte heranzoomen können, eine Hitchcock-Szene, wahrscheinlich hatte er das alles schon viel zu oft gesehen.

Dennoch machte er mit dem Krustenbrot, das er gerade gekauft hatte, ein Spiel. Er brach Brocken ab und warf sie ins

Wasser. Wenn das Brot bei schuldig zu Ende ging, mußte er den Alten anzeigen.

Nach einem Viertel Laib fiel ihm ein, daß er noch nicht gefrühstückt hatte, und er verschob die Urteilsfindung auf später.

In seinem Zimmer stellte er das Radio an. Sehr laut. Es war gut, eine Weile vor dem sehr lauten Radio zu sitzen und vom Hurricane Mitch zu hören, der soeben Hunderte ins Jenseits gespült hatte. Die Wahrscheinlichkeit, daß er die gesamte Ostküste Amerikas entvölkern würde, war groß. Daniel teilte die Quarksahne in vier gleiche Stücke und schlang sie, systematisch von rechts unten nach links oben vorgehend, hinunter.

Dann stellte er das Radio wieder aus. Die Sprecherstimme hatte ihn auf einen Gedanken gebracht, und zum ersten Mal waren ihm Hurricanes mit ihren irren Geschwindigkeiten egal.

Die Fenster im Zimmer waren geschlossen. Aber gegen sie drückte plötzlich wieder der Sturm, der viel unberechenbarer war, wie er da in vollkommener Stille aus stellenweise blauem Himmel fiel und die Fensterscheiben klappern ließ. Daniel kontrollierte die Fenstergriffe und zog sie erneut fest, obwohl sie bereits bis zum Anschlag geschlossen waren. Er ging in die Küche, trank im Stehen Milch aus der Tüte und ging wieder zurück in sein Zimmer und schaltete die Schreibtischlampe ein. Er setzte sich in den Sessel neben den grünen Lampenschirm. Er stand wieder auf. Die Fensterscheiben vibrierten, sie schienen dem Druck von außen kaum standzuhalten. Dabei waren die Äste der Kastanie unbewegt, und auf den wenigen restlichen Blättern flatterte Herbstsonne.

Daniel las noch einmal den Zeitungsartikel. Auch das half nichts, denn eine Wahrscheinlichkeitsrechnung war die falsche Aufgabenstellung. Und als ihm das aufgegangen war, merkte er, daß sie ihn die ganze Zeit nur vom eigentlichen Problem abgelenkt hatte.

Mit dem Multiplikationssatz der bedingten Wahrscheinlichkeit wäre die Unschuld des Alten nachweisbar. Der Satz würde aussagen, wie wahrscheinlich es war, daß der Alte auf der Brücke und der Mord gemeinsam auftreten konnten, ohne daß das eine das Auftreten des anderen beeinflußte. Setzte man den Mord und das gleichzeitige Erscheinen des Alten als zwei Ereignisse voraus, die unvereinbar waren, wäre die Schuld nachweisbar, denn hier würde der Zufall außer Kraft gesetzt. Aber bei alldem hatte Daniel die entscheidende Größe verdrängt. Der Alte hatte ihn gesehen. Er hatte direkt zu ihm am Fenster hochgeschaut. Der Alte wußte, daß er beobachtet worden war. Und er wußte auch, von wem. *This man knows he is being watched!* – James Stewart in *Rear Window*, atemlos am Telefon. Daniel hörte vor allem sich selbst.

Ohne jede Berechnung war es höchst wahrscheinlich, daß der Mörder den einzigen Zeugen seiner Tat gesehen hatte.

Die Stellen, an denen Daniel die Zeitung gehalten hatte, waren feucht. Er stopfte sie zu den anderen in den Plastiksack und wünschte sich, seine Freundin mit ihrer unverkennbar hohen Mädchenstimme würde anrufen. Diese Stimme, die ihm sonst manchmal auf die Nerven ging, würde ihn jetzt beruhigen. Er sah nach, ob der Telefonhörer korrekt auflag und der Stecker in der Buchse war. Aber sie rief nicht an.

Wir dachten uns, das wäre ein guter Anfang.

Die Brücke, auf der Daniel den Alten oder der Alte Daniel gesehen hatte, lag direkt vor Marlies' Haus. Vom Fenster aus konnten wir das steinerne Geländer und die zwei Fahrbahnen sehen, die über die Brücke führten und für Autos gesperrt waren. Wir würden alles mitbekommen, was sich auf der Brücke abspielte, und auch das Schiff, von dessen Schraube die Leiche noch in der Nacht zerfetzt worden war, sah man von hier aus am Steg liegen. Es war ein Ausflugsdampfer mit blauer Bemalung, die inzwischen grau geworden war, und diente im Winter als Café. Wir würden das Schiff trotzdem im Winter fahren lassen, gemietet von der Belegschaft einer neugegründeten Internet-Firma, die ihre Weihnachtsfeier in den November vorverlegt hatte und auf dem Wasser durchführen wollte.

Bis auf diese Ausnahme waren wir mit unserer Geschichte aber nah an der Realität, und ich hatte ein wenig Mitleid mit Daniel. Er würde, so hatten wir es geplant, in eine Spirale aus Angst hineingetrieben werden, ohne daß das Ende der Spirale absehbar war. Marlies war strikt dafür, sich ab einem gewissen Punkt vom Lauf der Geschichte tragen zu lassen.

«Sonst», sagte sie, «langweilt es mich zu Tode.» Schreiben, so dozierte sie, sei die einzig noch mögliche Bewährungsprobe, echtes Heldentum, wo sonst nur noch Fleiß und Anpassungsgabe verlangt würden. Und ein Großteil des Heldentums bestehe gerade darin, daß man nicht wisse, wie das Abenteuer ausgehe. Ich hatte wenig Lust auf Abenteuer. Sie schienen mir eine Ablenkung vom Charakter der Figuren. Außerdem war ich jeden Sommer mit dem Kanu unterwegs, und die Wildheit der schwedischen Seen war Bewährungsprobe genug. Mir ging es mehr um die psychologische Fallstudie.

Aber Marlies winkte ab und stand auf. Wenn sie dozierte, lief sie mit ihrer Kaffeetasse durch die Wohnung, und ich saß, an meinem Stift kauend, in einem ihrer abgewetzten Sessel, die sie von einem Exfreund geerbt hatte. Manchmal klangen die Sprungfedern, als spielte jemand auf einer in den Polstern versteckten Gitarre. Ich hörte ihr zu, setzte ab und zu meinen Stift auf, aber ohne je eine einzige Notiz zu machen, und hatte dennoch Mitleid mit Daniel. Aber das Mitleid mit Romanfiguren ist irgendwie nutzlos. Als versuchte man, jemanden durch eine Glasscheibe zu küssen.

Marlies war nicht zu bremsen. Sie stattete ihre Figuren so glaubhaft mit Realität aus, schlüpfte, wenn sie Dialoge entwarf, so gekonnt in die passende Mimik, daß ich am Ende lachen mußte. Sie warf sich erschöpft in den Sessel und rief: «Siehst du. Da hätten wir ja wieder einen großen Brocken Geschichte hinter uns gebracht. Und je mehr hinter uns liegt, desto weniger Unbekanntes liegt noch vor uns. Und?»

«Um so sicherer ist das Leben», schloß ich mit ihr im Duett.

«Richtig.»

Daniel war ihre Figur. Wir hatten uns darauf geeinigt, um die Perspektiven nicht zu vermischen. Außerdem interessierte mich sowieso mehr der Alte mit seinem gepflegten Gesicht, in dem nur die Augen auffielen. Sie waren tief auf die Wangenknochen gesunken. Ein merkwürdiger Effekt ging von diesem Gesicht aus. Als hätte sich das Alter in den Augen gesammelt und dafür Haut und Mundpartie verschont. Er schien nie nur einen Ausdruck zu haben. Wenn der Alte lächelte, dann war es gleichzeitig, als fände er sein Lächeln ermüdend. Und hörte er aufmerksam zu, wurde sein Mund ganz starr.

Eigentlich ging der Alte nie über die Brücke. Er nahm gewöhnlich den Weg vom Urban-Krankenhaus am Kanal entlang, bog noch vor der Brücke in die Grimmstraße ein und kehrte an den Cafés der Dieffenbachstraße entlang zurück. Das war das Ende eines Spaziergangs, den er jeden Tag auf die gleiche Weise begann. Am frühen Nachmittag schlenderte er zuerst die Weserstraße hinunter, kam an Saray, dem türkischen Bäcker, vorbei und folgte der Straße bis vor zum Kottbusser Damm. Die Weserstraße war still und leer um die Zeit, nur im Sommer rannten ihm manchmal Kinder zwischen die Beine und schrien ihn dann in fremden Sprachen an. Er ließ sich Zeit, während er ging, der Spaziergang umgab den Tag wie ein Gerüst. Meistens erreichte er das Jo-

Jo am Kottbusser Damm nicht vor vier Uhr, wenn sich die Kneipe füllte, aber er hatte einen Tisch in der Ecke, der immer für ihn freigehalten wurde.

Irgendwann hatte er die Ähnlichkeit des JoJos mit einer Schiffskajüte entdeckt, obwohl nichts darin der Ausstattung eines Schiffes glich. Es hatte einen Inhaber mit wilhelminischem Bart, der Roger Whitaker hörte, und in der Ecke standen zwei Spielautomaten. Jede andere Kneipe hätte ihn auch an eine Kajüte erinnert, aber da er nie in andere Kneipen ging, dachte er darüber nicht nach.

Diesmal blieb er dort, wo der Kanal breiter wurde, stehen und sah zum Wasser hinunter. Wie ein Denkmal stand er da, an der zugigsten Stelle des Ufers, und wartete. Er war geduldig, und manchmal zahlte sich seine Geduld aus, und der heilige Christophorus erschien, und manchmal, aber sehr selten, gelang es ihm auch, mit ihm zu sprechen. Christophorus war eines Tages zu ihm zurückgekehrt, nachdem er ihn mit dem Ende seiner Kindheit verloren geglaubt hatte. Als Junge hatte er regelmäßig gebeichtet, auch als das Beichten nicht mehr überall modern gewesen war. Jetzt dachte er an das Beichten zurück, nicht an den Inhalt, an die Stadt oder die Umstände, aber an den Mund des Beichtvaters. Der Mund saß in einem glattrasierten Gesicht. «Mein Sohn», hatte der Beichtvater gesagt, ehe die Klappe vor das Gitter gefallen war, «du bist doch ein kommunistischer Spion!» Das hatte sich gereimt, harmlos wie ein Kinderlied, ihn aber ohne Ave Maria in die Sowjetische Besatzungszone zurückbegleitet, wo er dann aus der Kirche ausgetreten war.

Heute hatte er wieder Glück. Der Heilige erschien wie üblich in seiner verblaßten Aura, so nah, daß der Alte nach ihm greifen wollte, sich dann aber erinnerte, daß Christophorus nur in seiner Vorstellung erschien und es unmöglich war, Dinge, die im Kopf passierten, zu berühren. Genauso unmöglich war es, ins Zentrum seiner eigenen Vorstellung zu sehen. Dann verschwamm ihm das Bild. Es löste sich aus den Konturen der fingerhohen Zinnfigur, die er in der Kombüse der *Erfurt* mit einem Magneten am Metallbord befestigt hatte und die jetzt an seiner Kühlschranktür hing. Die Zinnfigur zeigte einen gebeugten Mann mit einem Kind auf dem Rücken, der seinen Wanderstock auf das Wasser zu seinen Füßen stieß, das wie eine Asphaltstraße vor ihm lag. Der Alte mußte schräg an der Erscheinung vorbeisehen, um sie in ihren Grenzen zu halten. Aus den Augenwinkeln betrachtet, erschien sie ihm am schärfsten.

Inzwischen war es vollkommen dunkel geworden, aber das bemerkte er nicht. Zu hell und deutlich sah er Christophorus jetzt vor sich. Er sah ihn in Ölfarben, auf einen Stock gestützt, im roten Gewand, das ihm in aufgebauschten Falten vom Rücken wehte. Und es kam dem Alten vor, als würde Christophorus jedesmal noch deutlicher und größer werden, wie ein Segel, das der Wind langsam aufblähte, und eines Tages würden die Brücke und das Planufer, der Kanal und der Junge, den er hier oft beobachtet hatte, ganz dahinter verschwunden sein, und er dachte daran, daß das der Tod war.

Aber als er an den Jungen dachte, verschwand Christophorus, und der Alte zog seinen Mantel fester vor der Brust zusammen, weil er plötzlich den Wind an dieser offenen Stelle des Kanals spürte. Er merkte, daß er wieder auf die Admiralsbrücke geraten war, sah, daß die Fahrradfahrer bereits mit Licht fuhren, und hörte, wie ihre Dynamos über die Gummireifen pfiffen. Er hielt sich mit einer Hand an der Steinbrüstung, während er den treibenden Schmutz im Wasser betrachtete, ohne ihn zu sehen. Er dachte weiter an den Jungen, an seine schlanke Gestalt, die er oft über diese Brükke hatte gehen sehen. Er dachte an seine Haare, die fast durchsichtig gegen das Laternenlicht abstanden, daran, wie der Schal verrutschte, wenn der Junge sich vorbeugte, um sein Fahrrad abzuschließen, und ein Stück Nacken freigab. Unter der dünnen Jacke zeichneten sich die Oberarme ab, zwei Streben, die den Kopf hielten, und der Kopf sah aus, als wäre er nur lose auf den Schultern befestigt worden.

Er konnte sich nicht mehr erinnern, wann er den Jungen zum ersten Mal gesehen hatte. Er schien ihm so vertraut, als hätte er ihn oft um sich gehabt. Er ahnte sogar, wie sich sein Körper anfühlte. Die Arme waren dort, wo die Ellbogen von innen gegen das Jackenfutter stießen, spitz und an den Unterseiten überraschend nachgiebig. Aber dann fiel ihm auf, daß er sich nicht vorstellen konnte, wie der Junge sprach, und daß sich das Bild, das er von seiner Gestalt hatte, durch den Klang der Stimme verändern konnte. Der Alte hatte ihn noch nie sprechen hören, auch wenn er dem Jungen selbst schon unzählige Male geantwortet hatte. Im JoJo hatte er ihn ein-, zweimal gesehen. Meist hatte der Junge nur

Zigaretten gekauft und war dann wieder auf die Straße gegangen, und das einzige Mal, wo er sich doch an einen Tisch gesetzt hatte, war die Musik zu laut gewesen, um die Stimme zu hören. Der Junge hatte zwei Stück Zucker in seinen Kakao gelöffelt, und als er das dritte Stück mit den Fingern aus der Zuckerdose nahm, hatte es ausgesehen, als griffe er in den Zündkopf einer Mine.

Der Alte mochte es, wenn der Junge, die Schultern eingezogen und scheu, aus dem Haus kam. Die Arme hielt er angewinkelt über der Hüfte, als trüge er etwas Schweres. Es kam ihm so vor, als wäre dieser Junge derselbe, der früher auf der *Erfurt* mit einer Leine gesichert und aus dem Wasser gefischt worden war. Er wußte, daß es nicht derselbe, nicht Kristian war, aber in der Erinnerung verschoben sich die Einzelheiten, die Zeit wurde dehnbar, so daß sich zwei Bilder auf merkwürdige Weise ineinanderschoben. Der Obermaat hatte eine der Leinen benutzt, mit denen sonst die Schlepptrosse an Steuerbord befestigt waren. Als Kristian an Bord gehievt wurde, mußten die Leinen sich durch das Trainingszeug hindurch in seine Haut geschnitten haben. Ihm selbst hatte das spröde Material bei Sturm die Handflächen aufgerissen. Wochen später noch hatte man die roten Striemen gesehen, die wie ein Flechtwerk quer über seine Hände liefen. Dagegen war die Kraft, die das Gewicht eines einzigen Körpers verursachte, nichts – wenn man ihn auf die richtige Weise unter den Achseln und an den Beinen vertäute.

Der einzige, mit dem er darüber sprach, war Christophorus, aber das war etwas anderes. Er betrachtete seine Hände.

Sie hoben sich weiß von der Dunkelheit ab. Gestern abend schien der Körper des Jungen nur von Lichtfäden gehalten. Als er das Ufer hochgekommen und an der Brücke hinüber zum Hauseingang gelaufen war, rann das Licht auf jede Stelle, die er betrat, und der Alte ertappte sich dabei, wie er ihm die Hand in den Nacken legen und mit dem Daumen über den Knochen hinter dem Ohrläppchen streichen wollte. Er war überrascht, fast erschrocken über sich selbst und vergrub die Hand in der Manteltasche. Er hatte nicht damit gerechnet, daß er den Jungen auch jetzt noch berühren wollte, nachdem er ihn doch mit diesem bleichen, hohlwangigen, gehetzten Gesicht für einen kurzen Moment nicht wiedererkannt hatte.

Er sah hinüber zum Hauseingang, über dem eine Glühbirne in einem quadratischen Kästchen die Hausnummer erhellte, ohne zu hoffen, dem Jungen heute noch einmal zu begegnen. Er hatte dessen Zeitplan wie seinen eigenen im Kopf. Er wußte, daß der Junge selten später als elf nach Hause kam. Trotzdem blieb er stehen. Um sich abzulenken, stellte er sich Striemen in den Handflächen des Jungen vor. Je stärker der Sturm war, desto tiefer schnitten sich die Leinen in die Haut, und die Hände heilten nur langsam.

Irgendwann bemerkte er, daß die Lichter im Haus ausgegangen waren. Nur ein einzelnes Fenster im Erdgeschoß wurde noch von einer lilafarbenen Neonröhre beleuchtet. Und da auch das Fenster des Jungen dunkel blieb, ging er in Richtung Schönleinstraße davon und hoffte, daß es noch nicht zu spät war, die letzte U-Bahn zu erreichen.

So weit waren wir gekommen.

Ich kann mich nicht erinnern, daß wir jemals ausgesprochen hätten, das Vorhaben aufzugeben. Irgendwann begann Marlies wieder, von ihren Männern zu erzählen. Oder sie blieb, während sie noch dozierte, plötzlich stehen und sah mich durchdringend an, aber so, als brauchte sie meine Augen nur, um sich darin andere Augen vorzustellen. Dann sagte sie das, was sie gerade gesagt hatte, noch einmal und hörte auch wieder an derselben Stelle auf, ohne etwas Neues hinzuzufügen. Sie zuckte die Schultern, setzte sich mir gegenüber und sagte: «Jetzt du.»

Da meine Rolle bei unseren Gesprächen aber vor allem im Zweifeln bestand, fiel mir nichts ein. Meine Fragen hatten sie höchstens zu noch dubioseren Ideen angestachelt. Und erzählte ich doch eine Begebenheit, was selten genug vorkam, erzählte ich immer zuerst, wer mir diese Begebenheit wiederum erzählt hatte, zu welcher Zeit und aus welchem Anlaß. Mir gelang es nie, die Begebenheit selbst wiederzugeben, sondern nur die Form ihrer Überlieferung, was sie meistens gelangweilt hat.

«Mündlich bist du aber auch wirklich eine Niete», sagte Marlies dann und hatte recht. Und so saßen wir da, bis der Hahn krähte. Da sprang Marlies auf, rannte in den Flur, die Wohnungstür fiel ins Schloß. Jeden Freitag kam ein Lieferwagen, beladen mit Eiern, Hühnerschenkeln und Milchprodukten, durch die Böhkstraße gepoltert. Vor Marlies' Haus blieb er mit einem künstlichen Hahnenschrei stehen. Dann liefen aus allen Türen die Leute auf der Straße zusammen, wie man es nur noch von Dörfern kennt. Marlies war mitten unter ihnen. Sie trug einen Henkelkorb, der ihr nicht gehörte, und schien mit allen gleichzeitig zu reden. Sie hatte die seltene Begabung, mehreren zuhören zu können und trotzdem bei jedem den Eindruck zu erwecken, sie würde gerade ihm ganz besondere Aufmerksamkeit schenken. Vielleicht lag es an ihrem hellen Lachen oder daran, daß sie jeden glauben ließ, er hätte gerade etwas für ihr Leben sehr Wichtiges gesagt. Und die wenigsten zweifelten daran. Sie bekamen so was ja sonst nicht gesagt, oder sie hörten es nicht, weil sie sich selbst nicht zuhörten. Und dann kam eine wie Marlies und ließ sie glauben, sie wären etwas Besonderes, und ich war nie sicher, ob ich diese Leute bemitleidete oder ob mir nicht vielmehr Marlies insgeheim leid tat. Mit dem Einkauf war sie trotzdem jedesmal als erste fertig, während die anderen noch mit der überraschenden Entdeckung ihrer ihnen bisher unbekannten Persönlichkeit zu kämpfen hatten.

Aber eigentlich gab der Hahnenschrei Marlies nur die Gelegenheit, Geschäftigkeit vorzutäuschen. Immer öfter war sie unkonzentriert, manchmal aschte sie auf den Teppich, obwohl sie mich zuvor beschworen hatte, vorsichtig zu sein, der Teppich gehöre schließlich nicht ihr. Er gehörte ihr genauso wenig wie der geflochtene Korb im Flur, unsere Kaffeetassen und die Wohnung, in der wir saßen.

Manchmal trafen wir uns hier und manchmal auch im Café Vienna, einer Frühstücksbar, die im Sommer italienisch aussah. Und jedesmal hatte Marlies weniger Lust, sich etwas auszudenken. Ich versuchte, es zu ignorieren. Ich stellte mich blind. Ich hielt mich zurück. Ich dachte, sie wäre vielleicht in eine Schreibblockade geraten und ich dürfte sie auf keinen Fall darauf ansprechen. Ich hatte Angst, sie könnte noch nervöser werden, noch häufiger wie in einer Falle herumlaufen. Außerdem hoffte ich, sie wollte vielleicht nur für eine Weile abtauchen, sich in eine Art innere Unterwasserstille zurückziehen, wo jedes ablenkende Geräusch, alles Gerede, an der Oberfläche blieb, und sie sich auf das Wesentliche konzentrieren konnte. Heimlich würde sie sich jedoch hinsetzen und mich eines Tages mit einem neuen Kapitel überraschen.

Aber während ich auf einer Kanufahrt in Schweden war, zog sie Hals über Kopf aus der Wohnung an der Admiralsbrücke aus. Das erfuhr ich erst, als ich zurückkam.

Eigentlich war es nichts Besonderes. Sie hatte immer wieder andere Männer, mit denen sie es nie mehr als ein halbes Jahr aushielt, und trotzdem zog sie bei ihnen ein, als wäre es für das ganze Leben. Ich wußte jedesmal, daß es nicht gutgehen würde, aber von mir ließ sie sich nichts sagen. Anfangs habe ich sie noch gewarnt, aber meine Warnungen lachte sie weg, oder sie strich mir selbstvergessen über den Arm, und ich ließ es bald bleiben. Wenn ich es mir recht überlege, hat sie sich nie irgend etwas von mir sagen lassen, nicht einmal Dinge, die unsere Geschichte betrafen. Am Ende einer Diskussion habe ich meistens das gemacht, was sie vorschlug.

Als Marlies nicht mehr an der Admiralsbrücke wohnte,

hatte die Geschichte keinen Grund mehr. Ihr fehlte das Fundament. So wie ein Zeitungsbericht heute ohne Foto irgendwie halb und weniger glaubhaft wirkt. Ich mischte mich sonst nie in Marlies Leben. Ich versuchte, ihr Glück als das meine zu verstehen, denn ich wollte, daß wir zusammengehörten, wenigstens wir, und hätte es nicht ertragen, wenn sie mir etwas vormachte. Außerdem förderte es die Geschichte, und so vermied ich jeden Kommentar. Auch wenn sie mir glühend versicherte, das, was in meinen Augen nur Leichtsinn war, wäre in Wirklichkeit eine «höhere und notwendige Maßnahme zur Ausbildung einer verantwortungsvollen, spätkapitalistischen Persönlichkeit». Marlies trieb alles ins Extreme. Ich verstand, daß ein gewaltsamer Umbruch im Leben heftige Auswirkungen hatte, aber diesmal war ich wütend.

Ich hatte Angst, daß die Brücke und der Alte zuerst unwirklich werden und dann in Vergessenheit geraten würden.

Nachdem ich aus Schweden zurück war, rief ich sie sofort an. Wir verabredeten uns im Café Vienna.

«Die Liebe erstickt mich, Darling», sagte sie. «Verstehst du das nicht?» Sie schluckte, und ihre Lippen waren dick. Sie waren immer dick, wenn sie Streß mit einem alten Lover hatte. Ihre Klamotten waren fleckig. «Ich habe den ganzen Tag Bücherkisten geschleppt. Müssen die immer so weit oben wohnen? Und das Ganze auch noch ohne Fahrstuhl!»

«Du hättest warten können, bis ich zurück bin. Ich hätte dir geholfen.»

«Keine Sekunde länger! Ich frag mich sowieso, wie ich das mit dem ausgehalten hab.»

Sie setzte sich, griff nach einem Stift auf dem Tisch, den jemand dort vergessen hatte, und bohrte die Mine in einen Bierdeckel.

«Vor vier Wochen hast du's noch gewußt.»

«Du hättest ihn erleben sollen», sagte sie. «Man muß ja regelrecht Angst haben.»

«Und was willst du jetzt machen?»

«Er hat sich nicht mal entschuldigt!» sagte sie.

«Entschuldigt? Wofür?»

Ich erwartete, daß sie jetzt über unser Vorhaben sprechen würde, dem der Realismus verlorenging, wenn wir die Wohnung nicht mehr als Beobachtungsposten benutzen konnten. Ihr war es immer wichtig gewesen, da oben sitzen zu können und ihre Eindrücke direkt von der Straße zu sammeln. Sie besaß Mappen voller Notizen zu Kleidungsstükken, Verhaltensweisen und Gesten von Passanten, zu Flirts und verunglückten Pointen freitags am Lieferwagen, zu Wortwechseln zwischen dem Hausmeister und einem Penner, der regelmäßig in den Hausflur pißte.

Aber sie sagte nur: «Er ist pervers. Das ist doch pervers, wenn ein Mann sich einbildet, man würde gar nicht existieren! Man wäre nur, wie hat er gesagt: ‹die sichtbare Manifestation seines Schwanzes›. Weil der sonst so eine Art Phantom ist, und nur durch mich wäre er sich seiner wirklich sicher.»

«Hat er das so gesagt?»

«Was glaubst du denn? Daß ich mir diesen Quatsch auch noch ausdenke?»

Einmal hatte sie mir von einem Maler erzählt, der in einer Wohnung Fensterrahmen strich. Die Wohnung lag direkt über einem Lokal mit dem Namen «Goldenes Handwerk». Marlies hatte mir erklärt, daß der Maler wahrscheinlich vom Lokal angestellt sei und die Wohnung wegen des Namens immer wieder streichen müsse. Die Fensterrahmen überzog schon eine zentimeterdicke Farbschicht, aber er durfte nicht aufhören. Er mußte immer von neuem streichen, weil der Name des Lokals sonst gar keinen Sinn hatte. Damals hatte sie das sehr amüsiert.

Jetzt setzte sie Punkte in dichter Folge auf den Bierdeckel. Den Krimi erwähnte sie nicht. Sie fragte auch nicht, ob mir auf meiner Kanufahrt in der schwedischen Wildnis nicht ein paar verrückte Einfälle gekommen seien. Ich hatte viel Zeit an Lagerfeuern verbracht, mit Holzhacken und Angeln, hatte in einsamen, rotgebeizten Hütten geschlafen, was meine Phantasie antrieb. Aber Marlies erzählte nur von den Halbherzigkeiten ihres Ex, von seinen jämmerlichen Versuchen, sie an sich zu ketten, und von ihrer eigenen Unfähigkeit, jemanden länger zu lieben als ein halbes Jahr.

Für einen Moment widerte sie mich an. Ich sah in den Milchkaffeeschaum, um sie nicht ansehen zu müssen, mit diesen Lippen, auf denen sie ihre Männer so gern herumbeißen ließ. Es machte mich wütend, wie sie sich und mich, meine Versuche, ihr beizustehen, und jeden guten Augenblick zwischen uns verschwendete. Deshalb verschwieg ich ihr auch, daß ich mir tatsächlich am Lagerfeuer Notizen gemacht hatte, was ich in ihrer Gegenwart nie tat. Ich wollte weiterschreiben, wenn es sein mußte, ohne ihre Anweisungen und auf eigene Faust. Mich hat sowieso immer nur der Alte interessiert.

Zu Hause setzte sich der Alte hin, weil er wußte, daß er jetzt nicht schlafen konnte, und knipste die Stehlampe hinter dem Sofa an. Er legte seine Hände flach auf die Oberschenkel und lauschte den Geräuschen im Haus, dem Kratzen der Äste am Schlafzimmerfenster und den wenigen halbhohen Tönen eines Schnarchenden im Stockwerk über ihm. Wenn er lange genug zuhörte, gingen die Geräusche in das gleichmäßige Donnern des Meeres ein, das gegen die Molen brandete und das mal lauter, dann wieder leiser, aber immerzu für ihn zu hören war. Auf dem Sofatisch lag ein Stapel Zeitschriften mit großformatigen Fotos auf Hochglanzseiten, die, wenn er sie ins Licht hielt, sein Gesicht spiegelten. Es waren Fotos von Segeljachten, Kuttern und Ausflugsdampfern, von Takelagen, Reusen und Tauen. Früher hatte er die Zeitschriften gelesen. Inzwischen machte es ihm mehr Spaß, sie so zu halten, daß sein Gesicht abwechselnd auf dem geschwungenen Bug einer Jolle auftauchte, die von Hamburg aus ins Meer stach, oder auf dem Rücksitz eines palästinensischen Fischerbootes. Seine Lippen konnten sich auf das Teakdeck einer Jacht legen, und wenn er die Zähne bleckte, sah es aus wie ein unwahrscheinlich großer Fisch, in dessen Maul das Teakdeck verschwand.

Der Alte wußte, daß er lange nicht schlafen würde, vielleicht die ganze Nacht nicht. Es kam ihm vor, als hätten sich die letzten beiden Tage in seinen Adern gesammelt, wo jetzt der Puls hämmerte, und er überlegte, ob er ins Bad gehen und eine von den gelben Tabletten nehmen sollte. Dann dachte er, daß ihn die Tabletten nur noch nervöser machen und Fehler verursachen würden. Aber Fehler wollte er sich nicht leisten. Sie hätten das Leben, an das er sich nach langer Zeit endlich gewöhnt hatte und zu dem auch der Junge gehörte, zerstört. Er dachte wieder an das Gesicht dieses Jungen, und als er es nach mehreren Versuchen endlich vor sich sah, wurde das Hämmern in den Adern schwächer.

Der Junge würde Angst haben. Er war sich nicht sicher, wie lange so ein Junge das aushielt und was er dann machen würde. Ihm selbst hatte diese Angst lange gefehlt. Musterung und die Seeoffiziersschule «Schwedenschanze» hatten ihn eher noch mutiger gemacht. Zur Musterung hatte er acht Meter hoch über dem Boden an einer Kletterstange gehangen und sich vorgestellt, wie er fiel, und es hatte ihm nichts ausgemacht. Als er in die Seepolizei aufgenommen worden war, hatte es ihn nur enttäuscht, daß sie keine echte Marine war, und insgeheim hatte er sich geweigert, die Uniformen und die Verteidigungsrichtlinien der DDR von den Verteidigungsrichtlinien und den Uniformen der BRD zu unterscheiden.

Aber dann hatte ihn die Angst eines Tages mit solcher Macht überfallen, daß er sich gewundert hatte, wie das alles zuvor in ihm gewesen sein konnte, ohne daß er das Geringste davon bemerkt hatte. Zu dieser Zeit war er schon längst über das Alter des Jungen hinausgewesen. Die Angst kam spät, aber als sie da war, füllte sie ihn so vollkommen aus, daß er sie nie wieder los wurde. Er lebte von ihr, weil sie ihn von innen stützte. Wäre sie verschwunden, dann wäre sein Körper einfach zusammengesunken wie eine Trosse, wenn man ihr den dünnen Mittelstrang, die Seele, entfernte. Die Angst mußte in ihm ausgehärtet sein wie die Kohlepartikel auf den Steinen, die er an den Stränden von Peenemünde gefunden hatte.

Der Alte strich mit der Hand über den Schonbezug des Sofas, als striche er Sand glatt. Dann hielt er die Hand still, legte die andere flach daneben und betrachtete sie. Zwei fremde Wesen mit reglosen, fleckigen Rücken. Es waren Hände zum Totmachen, zu nichts sonst. Wenn er sie beim Schlafen oder Zuhören zusammenfaltete, sahen sie aus wie ein Gatter, unter dem etwas begraben lag. Er winkelte einen Daumen an und hakte ihn in die Seitentasche seiner Jacke. So, allein betrachtet, sah die linke Hand ungefährlich aus. Man sollte es tun, dachte er, man sollte es im Angesicht von Christophorus tun. Es war merkwürdig, daß das Abhacken von Händen so aus der Mode gekommen war, obwohl es auf diese Weise viel einfacher sein mußte, mit einer Tat und ihrer Strafe gleichermaßen zu leben. Dann vergaß er es wieder und saß die Nacht durch einfach so da.

Er konnte nicht vorhersehen, wann es der Junge nicht mehr aushalten würde. Er mußte verhindern, daß die Angst zu groß wurde, aber er wußte nicht, wie.

Die Idee mit dem Alten hatte zuerst Marlies, wie überhaupt alle Ideen von ihr kamen. Aber ich weiß inzwischen, woher sie sie hatte, und das macht alles etwas schal.

Es waren nie ihre eigenen Ideen. Ich bin dem Alten neulich begegnet. Er kam aus dem Krankenhaus und hat überlegt, ob er zum Planufer hinunter oder die Dieffenbachstraße entlanggehen sollte. Schließlich ist er zum Planufer gegangen, direkt an mir vorbei, aber ohne mich zu sehen. Er scheint überhaupt niemanden zu sehen, während er geht. Als er zum Ufer herunterkam, zog er das rechte Bein etwas nach und blieb öfter stehen, um die Tauben am Geländer zu füttern. Es ging ihm nicht gut, und er benutzte die Tauben, damit niemand bemerkte, wie es ihm tatsächlich ging. Er war genau so, wie Marlies ihn beschrieben hat. Dabei hielt ich ihre Beschreibungen für sehr ungewöhnlich.

«Der gelbe Seidenschal entblößt seine Krankheit», hatte Marlies gesagt. Sogar einen gelben Seidenschal trug der Alte tatsächlich, und er hatte Haare wie Michel Piccoli, nur voller. Und ich hatte immer gedacht, sie würde ihre Beobachtungen nur als Puzzleteile benutzen, um am Ende daraus neue Charaktere zu machen.

Man wird oft so desillusioniert von Frauen.

Wahrscheinlich hat sie auch Daniel nicht erfunden, sondern wollte in ihm einen ihrer Männer verewigen. Deshalb hat sie so auf seinem slawischen Aussehen, dem breiten Kopf und den abgewetzten, schlotternden Kordhosen bestanden.

Der Typ, mit dem ich neulich telefoniert habe, sah so

aus. Sie wollten sie alle für sich haben. Haben immer dieselbe Show abgezogen, wenn ich dabei war, haben den Galanten raushängen lassen und so getan, als wären sie rasend großzügig. Aber hinterher hatte Marlies wieder dicke Lippen.

Ich hätte ihr mein zweites Zimmer eingerichtet, wenn sie gewollt hätte. Ich hätte auf ihren Schritt gelauscht, ihr Tee gekocht, und ihre Freiheiten hätte sie behalten. Sie hätte nackt durch die Wohnung laufen können wie bei einem ihrer Männer, und ich hätte getan, als trüge sie einen Rock. Es macht mir nichts aus, sie nackt zu sehen. Ich habe es mir oft vorgestellt. Ich kenne jedes Detail von ihr. Wenn wir uns zum Abschied umarmt haben, war ihr Körper viel deutlicher, als sie ihn mir nackt hätte zeigen können.

Aber mit mir hat sie nie geflirtet, obwohl es manchmal so aussah. Auch am Nachmittag, als wir uns das letzte Mal im Vienna trafen, dachte ich zuerst, sie würde flirten. Wie immer übersäte sie Bierdeckel mit Kugelschreiberpunkten. Nachdem alles Drastische, was sie für ihre sich gleichenden Situationen hatte finden können, schon gesagt war, lehnte sie sich zurück. Sie schob den Bierdeckel zur Seite. Sie zündete sich eine Zigarette an. Und trotz ihrer Adidasjacke, die mal hellblau gewesen war, und Haaren, die dringend gewaschen werden mußten, war sie schön. Sie atmete Rauch aus. Sie zog einen Fuß auf den Stuhl und stützte den Arm auf dem angewinkelten Knie ab. Sie fragte, wie mein Sommer da oben in Schweden gewesen sei. Aber sie hörte nicht zu. Ich schwärmte vom Stora Le und wie uns der Wind über das

Wasser trieb. Ich schob meine T-Shirt-Ärmel zu den Schultern hoch, weil ich wollte, daß sie die Oberarme sah. Ich erklärte, daß ich vom Segeln aufs Kanufahren umgestiegen war, weil man beim Kanufahren zwar schneller kenterte, das Boot aber auch schneller wieder flottbekam, als sie wie zufällig mit den Fingerspitzen meinen nackten Arm streifte.

«Was für ein großartiger, blauer Sonnentag», sagte sie leise und sah mich unter der Zigarette hervor an. «Was für ein strahlendschöner letzter Tag.» Und jetzt kommt es mir vor, als hätte sie hinzufügen wollen «Für immer», und sich dann im letzten Moment aber unterbrochen. Sie rauchte und sagte: «Ein Tag, an den wir uns lange erinnern werden.»

Ich versuchte, dem Rauch nachzusehen und antwortete dann mit einem Seitenblick zu ihr:«So oder so.»

Doch das war kein Flirt. Sie muß da schon etwas geahnt haben.

Und sie hat gewußt, daß es mich trifft.

Daniel beobachtete, ans Fenster gelehnt, die Arbeiten der Polizei. Die Einsatzwagen waren vor einer halben Stunde abgefahren, nur der schwarze BMW stand noch neben der Brücke. Er hatte schon eine Weile auf die leere Straße gestarrt. Aber endlich verschwand das Rütteln der Scheiben, und der hohe Ton des Sturms ließ nach, auch wenn ihm klar war, daß dieses Rütteln in seine Erinnerung gehörte und es draußen windstill war.

Die beiden Zivilbeamten aus dem BMW waren vor kurzem in der Bäckerei verschwunden. Bei der Vorstellung, wie sie da vor der hohen Glastheke ihre Vernehmung auf Zehenspitzen führten, mußte er grinsen. Ganz foxy von, hörte er die Bäckersfrau immer wieder sagen. Ganz foxy. Mit dem Rhythmus ihrer Stimme im Ohr bekam der Tag allmählich eine vertretbare Form. Der Alte und sein Marinemantel, die taz und ihre Lästerei wurden angenehm unwahrscheinlich, und Daniel gelang es sogar durch mehrmaliges Riechen am Haarband seiner Freundin, das alles für einen Moment ganz zu vergessen.

Kathleen hatte aufregende lange Haare, die ihr manchmal, wenn sie ein Bier öffnete, in den Flaschenhals gerieten. Wenn sie schwimmen ging und tauchte, trieben die Haare oben, höher als ihr Kopf. So sah es aus, als hätte sie ihren Körper an den Haaren befestigt, damit er nicht unterging. Über die ganze Wasseroberfläche breiteten sich ihre Haare aus, und ihr Kopf verschwand darin wie ein Tier im Schilf.

Er rollte den grüngemusterten Schlafsack, der ihm als Unterlage auf seiner ausklappbaren Schlafcouch diente, zu einem festen Paket zusammen.

Noch einmal zog es ihn ans Fenster, nur, wie er meinte, um nachzusehen, ob die Polizei immer noch da war. Aber als er nach unten sah, zwei Finger auf dem Fensterbrett abgestützt, zuckte er sofort zurück. Steif blieb er stehen, selbst die Augen ließen sich nicht mehr bewegen. Eine Fliege kreiste mit blaugeäderten Flügeln vor seinem Kopf. Er hörte sie Schleifen ziehen, Loopings drehen, und als er seine Augen wieder in der Gewalt hatte, sah er, wie sie gegen die Glasscheibe schoß und an ihr abprallte. Sonne trat durchs Fenster und beleuchtete grell den Schmutz auf der Scheibe, und er wußte, die Fliege würde zwischen dem Taubendreck und dem schwarzen BMW in der linken unteren Ecke des Fensters landen. Das obere Fenster war angekippt, und sie hätte leicht von dort nach draußen entweichen können, aber sie stieg nicht auf. Sie hielt sich mit unschlagbarer Blödheit an die Spanne zwischen BMW und Taubendreck. Als die Loopings schwerfälliger wurden, ließ Daniel die Hand vorschnellen. Er erwischte sie beim ersten Versuch. Fast zart fing er sie ab. Er trug sie ins Bad, warf sie ins Klo und sah zu, wie sie im Klowasser kreiste, sich immer an die Oberfläche kämpfte und ihr Körper doch wieder absackte, bis die Bewegungen langsamer wurden und Daniel sie schließlich immer noch blau schillernd sterben sah.

Er spülte. Es kam ihm vor, als rotiere er mit derselben Blödheit in diesem Zimmer, ohne jeden vernünftigen Anhaltspunkt, was jetzt zu tun sei.

Vielleicht war der Alte auch neugierig. Im Alter ereignete sich tagelang nichts, und nur deshalb stand er schon wieder da unten. Er trug den verwaschenen Mantel, der schief an ihm herabhing. Das rechte Schulterstück war abgerissen. Vielleicht stand er da, weil er Herzrasen hatte und die Luft am Kanal ihm wohler tat als die Infusionen der Ärzte im Krankenhaus. Wieder hatte er in seiner Manteltasche gekramt, mit nach vorn fallenden Schultern und den gleichen Bewegungen wie vorgestern nacht.

Das Geräusch, mit dem der Spülkasten vollief, setzte abrupt aus. Daniel bemerkte, daß er das Haarband dauernd um sein Handgelenk schnippte. Er zog es ab, starrte es eine Weile an und probierte es dann vor dem Flurspiegel aus. Seine Haare waren lang genug, um sie zu einem kleinen, abstehenden Schwänzchen zu binden. Eine angenehme Minute dachte er daran, wie schnell man zuwachsen würde, wenn man die Haare sich selbst überließ. Dann drehte er sich zum Spiegel und sah sich als stolzen Wikinger, Wangenknochen und Nase vielleicht sogar einem Germanen ähnlich. Als er auch diesen Gedanken verlor, schob er seine Lippen zu einem Knutschmund nach vorn, wie Kathleen es immer tat, und versuchte, sich mit dem Mund seiner Freundin zu küssen.

«Stillmann?»

Der Knutschmund hing in der Luft, dann sackte Daniels Gesicht zusammen. Er griff nach dem Holztisch unter dem Spiegel.

«Stillmann!»

Das da unten war die Realität, die Stimme war die Straße und der BMW, und er hier oben war getrennt davon. So war es gewesen, und so würde es in Zukunft sein, auch wenn ihm plötzlich der Schweiß ausbrach. Denn noch nie hatte ihm eingeleuchtet, wie das Leben einfach so zu ihm nach oben dringen konnte, wo er doch nicht in der Lage war, das, was da unten vor sich ging, zu beeinflussen. Es war nur greifbar über die Formeln, die er regelmäßig aufs Papier schrieb und die mit steigender Anzahl der Semester in seinem Studentenausweis länger wurden. Er selbst war davon ausgenommen. Hätte jemand eine Mingvase vor seinen Augen fallen gelassen, wäre er unfähig gewesen, sie rechtzeitig aufzufangen, selbst wenn es nur eine minimale Bewegung verlangt hätte.

Die Stimme von draußen machte ihm die Nutzlosigkeit aller seiner Handlungen so endgültig klar, daß er unfähig war, sich zu rühren. Er begriff, daß seine Handlungen nichts als einen Aufschub darstellten, eine langweilige Sammlung von Verzögerungen, die aber am Ende immer gegen null konvergierte. Zwar konnte die Entfernung von ihm bis zur letzten dieser Verzögerungen unvorstellbar sein, aber sie war doch endlich, und das war eine Vorstellung, die ihm jäh alle Energie entzog.

«Stillmann!»

Stillmann ist nicht zu Hause, dachte Daniel, bitte rufen Sie zu einem späteren Zeitpunkt noch einmal an.

«Moment», rief er und riß sich das Haarband vom Kopf. Es kam ihm vor, als hätte sich eine der Formeln materialisiert und versuchte jetzt, ihn sich gewaltsam unterzuordnen. Im Zustand materieller Existenz wurden die Formeln jedoch sinnlos wie Herzschrittmacher im Körper von Toten.

Aber mit der Bewegung setzte auch die Routine wieder ein, sein T-Shirt klebte am Körper, und während er den Schlüssel vom Brett nahm, war das wahrscheinlichste: *Kriminalpolizei, wir hätten da ein paar Fragen!*

Kommen Sie herein, bitte, nein, dort auf der Couch, vorgestern, ich weiß, nee, kann mich nicht erinnern, da war niemand, nee, hab niemanden gesehen, nee, auch nicht am Ufer, wissen Sie, ich arbeite ja, ich war müde, es war spät, da war wenig Licht am Ufer, aber kein Mensch kann was hören bei dem Sturm! nee, keine Vermutungen, keinerlei Vermutungen, leider, Hausbewohner? hm, würden Sie, ich meine, so einfach jemanden de-nun-zie-ren? verdächtigen. na trotzdem, wüßte nicht, ich? zuerst an der Uni, dann im Copyshop meine Freundin besuchen, Adalbertstraße, Copyshop ..., hab ich jetzt vergessen, doch, leicht zu finden, direkt hinter dem Torhaus, nee, links, ja, und zuletzt Tabak kaufen im Zeitungsladen, können Sie gern nachfragen, so gegen elf, begegnet? nee, überhaupt niemandem, außer im Laden, oder vielleicht früher, ja unbedingt früher als elf, eher so gegen halb elf, danke, ja mach ich, keine Ursache.

«Stillmann, Mensch, jetzt mach schon!»

Daniel sah durch den Spion. Dahinter leuchtete das schiefgezogene Gesicht des Typen, der unter ihm wohnte und ihn immer um Zigaretten anschnorrte. Seine Haut sah aus wie eine gelbgerauchte Gardine. «Ich weiß, daß du da bist, Kumpel. Ich riech doch die Kippe. Jetzt mach schon, bevor ich hier verrotte, ich hab was zu besprechen.»

Das einzige, was ein Mann sich jemals vorwerfen sollte, dachte Daniel im Baß, war, sich im Leben zu gut benommen zu haben. Von seiner Braue lief Schweiß, der sich in der metallenen Rundung des Spions sammelte. Daniel wischte mit dem Finger darüber und sagte dumpf gegen die Tür: «Ich aber nicht.»

«Jetzt piß dich nicht ein, Kumpel. Is wichtig. Geht um dieses Ding da, diese Nacht, weißt schon. Ich hab da was gesehn, und jetzt weiß ich nicht, ob's nur in meinem Schädel rumspukt oder ob's wahr ist. Und wenn's noch einer gesehen hat, wär's wahr. Aber mit 'n paar Kippen sieht dann alles noch mal ganz anders aus ... Klaro?»

«Dann erzähl's der Polizei.» Daniel hängte den Schlüssel wieder ans Schlüsselbrett zurück.

«Hab ich schon, Mann. Was glaubste eigentlich, wieso die sonst da sind. Aber ich könnt ja auch auf Koks sein. Wär schon möglich. Bin zwar von dem Zeug längst runter, total clean. Aber wenn ich's den Bullen stecke, glauben die das sofort, auch, wenn mich die Königin von England vorher zum Ritter schlägt, kapierste?»

Dieses Gesicht vor der Krone von England hielt Daniel für wenig überzeugend, aber er war dankbar. Über diesen Typen im Treppenflur ließ sich doch wieder eine Verbindung herstellen zu dem, was da draußen passierte, eine Verbindung, die auf nichts weiter beruhte als auf einer flüchtigen Bekanntschaft und der damit verbundenen Ereignislosigkeit. Der Schnorrer konnte ihm vielleicht das Gefühl zurückgeben, die Dinge im Griff zu haben. Vom dritten Stock aus war das Ufer besser zu erkennen, und durch fremde Augen betrachtet, rückte der Alte näher, seine Motive mochten deutlicher sichtbar werden oder sich als erfunden herausstellen. Vielleicht war es auch möglich, daß er gar nicht existierte, dachte Daniel in einem Anflug von Übermut.

«Was war es denn, was du gesehen hast?» fragte er mit einer Stimme, die er von seiner Mutter kannte. Es war ein zärtliches Schnarren, aber er bekam es nicht besser hin.

«Hier in meinem Schädel, da isses, es sitzt dadrin, und es war, als ich nach Hause kam, ganz deutlich kann ich's sehen, verstehste, es ist wie ein Schatten, seit dieser Nacht sitzt es da, aber es ist kein Schatten, ich fühl ja, wie's da sitzt, aber ich kriegs nicht ganz zusammen, verdammt, jetzt mach schon die beschissene Tür auf!»

«Ein Schatten?» sagte Daniel. «Oder ein Mann.»

«Ich sag doch, kein Schatten, viel schwerer als ein Schatten, danke nein, kein Schatten, oder glaubste, Schatten haben ein Gewicht? Is wohl eher jemand, den wir kennen, Kumpel, den wir beide sehr gut kennen. Also, mach die Tür auf, wenn du's wissen willst, oder willstes gar nicht wissen, is nicht immer besser, 's nicht zu wissen! Und an deiner Stelle würd ich verdammt schnell aufmachen, hier draußen isses nämlich scheißkalt.»

«War er ...», Daniel zögerte. «War er alt, ich meine, hast du gesehen, wie er aussah?»

«Ich habs gesehen. Ich habs – Scheiße, du hast recht, er war alt. Steinalt.»

«Bist du sicher?»

«Ich sag's doch, steinalt, mit so 'ner Visage, Mann, das kannst du dir einfach nicht ausdenken, das ist zu heftig, das ist nicht von mir, Kumpel, da ist irgendwas zwischen mir und diesem verfluchten Treppenhaus hier oder der Luft, das frißt sich rein, schlimmer als ein Schatten, das bin nicht ich, nein danke, aber dann isses schon in mir drin, und du weißt ja, gegen Kippen läßt sich nix sagen, wirklich nix.»

«Es war ein alter Mann, und er hatte einen Mantel an, und der war offen.»

«Es war, er hatte – Scheiße, Mann, ich kanns nicht sagen,

ich kanns einfach nicht, aber Mantel klingt gut, klingt verdammt gut, gratuliere, aber wenn ich's sagen will, isses weg, weißte, ich quatsch mit dir, und dann isses weg, aber vielleicht, wenn ich dein verdammtes Gesicht seh, isses wieder da, aber erst brauch ich was für die Lunge, kapierste, ich habs drauf, ich schwörs dir, aber erst die Kippen, also mach auf, oder soll ich mich woanders verquatschen?»

Der Schnorrer fing an zu wimmern, und Daniel sah ihn im Spion an seinen Sachen nesteln, und dann fiel ihm auf, daß es keine Sachen waren, sondern Haut, die trocken über die Knöchel hing. Vielleicht hatte der Schnorrer selbst etwas getan, was er in seinem verstockten, bekifften Zustand hinterher nicht einmal bereuen konnte, dachte Daniel und überlegte, ob er ihm gut zureden oder wie er ihn sonst loswerden sollte, als es daußen anfing zu lachen.

«Mach auf, Stillmann, wenns dich interessiert. Ich muß dich nur angucken, Mann, dann krieg ich's zusammen, ich schwörs dir, dann weiß ich's wieder, bis zu den fiesen kleinen Einzelheiten krieg ich alles zusammen.»

Es war dämmrig geworden, und Daniel schaltete das Flurlicht ein. Er fragte sich, ob so ein Mensch jemals bemitleidet wurde, und versuchte, sich Haut vorzustellen, durch die dreißig Jahre lang ununterbrochen Nikotin gesogen wurde. Als er auch bei sich selbst nicht das geringste Mitleid fand, sagte er so großzügig wie möglich: «Geh woanders schnorren, Kumpel. Und grüß deine Halluzination von mir.»

Die Beamten klingelten um acht Uhr abends. Zuvor hatte Daniel sich an seinen Schreibtisch gesetzt, an dem er gern saß. Nachmittags fiel die Sonne durch die Äste der riesigen Kastanie in sein Zimmer, maserte die Möbel, leuchtete eine Bahn seines Fußbodens aus und zerlegte seine Couch in helle, tierförmige Flecken, als sollte noch das unwichtigste Detail herausgehoben werden. Als sollte gezeigt werden, daß keine Einzelheit verlorenging, wo doch das Ganze entschieden sinnlos mit dreihunderttausend Kilometern in der Sekunde seinem Ende zujagte. Bei diesem Gedanken bekam er selbst Lust auf eine Zigarette. Aber er hatte das Van-Nelle-Päckchen gestern bis auf den letzten Krümel geleert, und wegen ein bißchen Tabak wollte er auf keinen Fall dem Alten in die Arme laufen. Also nahm er einen Stift und kaute darauf herum.

Schließlich ging er in den Flur und kontrollierte seine Jackentaschen. Da war nichts. Aber das Päckchen, das er gestern in den Müll geworfen hatte, lag halb voll auf dem Telefontisch, Papier und Filter griffbereit obendrauf. «Na toll», sagte er zu seinem Spiegelbild, das ihm fröhlich versicherte, es würde doch immer noch Zufälle und Irrtümer in seinem Leben geben, und zündete sich im Gedenken an den Todeskurs der Welt diese überraschende Zigarette an.

Vom Schreibtisch aus fiel sein Blick gerade auf das Dach gegenüber. Aber er mußte nur an einem der Kastanienäste hängenbleiben, um fast zwanghaft hinunter zur Brücke zu gehen. Und bevor er dort angelangt war, dachte Daniel, was für ein Unsinn es war, sich auf eine Entweder-oder-Rechnung einzulassen. Trotzdem stand der Alte unten am Stamm der Kastanie, spielte mit Papierfetzen oder ritzte ein Wort in den Baum. Kathleen würde ihn sehen, jeder, der die Straße entlangkam, konnte ihn sehen. Daniel würde ihn in Zukunft schon der Kastanie selbst ansehen.

Er überprüfte noch einmal das Telefon. Er wählte noch einmal Kathleens Handynummer. Plötzlich wünschte er, sie würde nicht kommen oder wenigstens vorher anrufen. Es erschien ihm gefährlich, auch wenn ihm gleichzeitig die Übertreibung auffiel, wo doch Kathleen und der Alte sich nie gesehen hatten. In der Mailbox zwitscherten die Vögel. Dann fiel ihm ein, daß Kathleen in letzter Zeit öfter Überstunden gemacht hatte und sie wahrscheinlich noch gar nicht zu Hause war. Im Copyshop war jemand ausgefallen, und neulich hatte sie von einer Kundin erzählt, die dauernd kam und ein fünfhundertseitiges Manuskript immer wieder zehnmal kopiert haben wollte.

Er fuhr den Laptop hoch und konzentrierte sich auf die Diagramme isometrischer Hilbert-Isomorphismen. Irgendwann stellte er fest, daß er sich nicht auf die Differentiale konzentrierte, sondern darauf, weitere Variable für die Rechnung an der Brücke zu finden. Er zog mehrere Menschen in Betracht und verwarf sie wieder, allen voran den Typen mit den gelben Fingerkuppen. Dann blieb er bei einer Frau hängen, die er öfter im Café Vienna beobachtet hatte. Sie saß dort vor einem einzigen Milchkaffee, bis er kalt geworden war. Sie las nicht. Sie war allein, und unter ihrem schnurgerade zurechtgestutzten Pony sah sie stundenlang auf die Straße. Manchmal hatte er sie auch Bierdeckel bekritzeln sehen. Es war möglich, daß sie wußte, wann der Alte die Brücke überquerte. Vielleicht war ihr noch mehr aufgefallen. Vielleicht hatte sie den Mord sogar beobachtet. Oder sie hatte direkt damit zu tun. Verbrechen ließen sich heute gut übers Internet planen. Das würde erklären, warum er sie nie mit einem Komplizen gesehen hatte. Sie konnten den Mord online geplant und zum selben Zeitpunkt ausgeführt haben, zu dem der Alte über die Brücke ging. Das würde schon reichen, um den Mord ihm anzuhängen.

Als die Beamten klingelten, war Daniel nur noch nicht eingefallen, Mord an wem.

Vor der Polizistin machte er eine ungelenke Verbeugung. Er starrte auf ihre Handgelenke. Sie litt an einer Pigmentschwäche. Auch über die Handrücken zogen sich weiße Flecken, so daß die Hände aussahen, als steckten sie in Netzhandschuhen, und er war froh, daß sie einen Kollegen dabeihatte. Sie fragte ihn nach Nachbarschaftsfehden und Streitereien im Haus. Dabei war sie dem Alten unten auf der Straße begegnet, hatte ihn vielleicht sogar gestreift. Er wollte einen dieser Netzhandschuhe packen und festhalten und ihr ihre Pflichten ins Gedächtnis rufen. Er wollte ein Kreuzverhör einfordern, das ihn gezwungen hätte, alles zu erzählen, sie ans Fenster zu führen, nach unten zu zeigen, wo das Wasser gegen die Böschung trieb und der Alte mit seinen ledernen Schuhsohlen matschige Abdrücke im Boden hinterlassen hatte, um alles mit einem Mal auch loszuwerden, ohne über die Konsequenzen nachdenken zu müssen; seine Angst, sein Schwanken und diese lähmende Unsicherheit.

Aber auch ihr Kollege fragte nicht. Schließlich sagte Daniel schließlich: «Wieviel ist denn da jetzt eigentlich dran?»

Die Polizistin drehte sich zu ihm um, ihre Hand auf der Türklinke, eine Braue hochgezogen.

«Ich meine, an dieser Geschichte», sagte er schnell. «So ein Unterschenkel und ein Ohrläppchen, das ist doch 'n bißchen dünn, oder?»

«Herr Stillmann, die Ermittlungen laufen noch. Das verbietet uns leider oder Gott sei Dank, ins Detail zu gehen. Aber was wir mit Gewißheit sagen können, ist, daß hier ein Verbrechen stattgefunden hat. Auch wenn, wie anzunehmen ist, das Opfer seinem Mörder ohne Gegenwehr zum Ufer hinuntergefolgt ist. Die beiden haben sich vermutlich gekannt. Aber dort muß dann ein Kampf stattgefunden haben. Das Opfer wurde gewaltsam ins Wasser gestoßen. Vermutlich wurde es vorher erwürgt, vielleicht mit einem Schal, das wissen wir noch nicht. Auf jeden Fall muß die Person aber tot oder zumindest bewußtlos gewesen sein, bevor sie unter das Schiff geriet. Und wegen des Unwetters und weil die Strömung so stark war, werden mit Sicherheit noch weitere Teile des Opfers zu finden sein. Vielleicht wurden sie über die ganze Stadt verteilt. Das steht uns noch bevor», sagte sie und drückte die Türklinke herunter. «Also, falls Sie noch was für uns haben ...»

Sie ließ ihm ein ockerfarbenes Kärtchen da, das Daniel hinter die Brotmaschine klemmte.

Er vermied es, noch einmal hinunter zur Brücke zu sehen, und ging früh ins Bett.

Als er nachts aufwachte und die Sterne in unordentlichen Reihen in seinem Fenster standen, zitterte er.

Es war eine klare Nacht. Er hörte den Wind unter der Türschwelle und dachte, der Alte käme die Stufen hoch. Er schien ihm eine Hand auf die Stirn legen zu wollen, stoppte sie jedoch kurz vor der Berührung ab und ballte sie zur Faust. Als Daniel genauer hinsah, war es der Inhalt seiner Stirn, der aus der Faust tropfte, als würde seine Stirn wie ein Schwamm ausgedrückt. Und was da tropfte, ähnelte der Schriftspur, die in Endlosschleife über seinen Bildschirm zog: *shed the night*, in grünlichblauer Abtönung. Aber als er versuchte, sich dem Alten zu entwinden, wurde aus der Schrift plötzlich das Gesicht der Frau im Vienna, die er noch nie angesprochen hatte. Sie hielt ihre Wange, spreizte dann die Finger, unter denen sich plötzlich eine Höhle auftat, als hätte jemand in ihr Gesicht gegriffen und die Wange herausgerissen, und sah hilfesuchend zu ihm herüber. Aber Daniel konnte sich nicht rühren, er konnte weder sie noch sich selbst von dem Alten befreien, und erst als er mit dem Unterarm gegen die Wand stieß, wachte er auf.

Vor dem Fenster zog der Morgen rohe Streifen über den Himmel.

Daniel stand auf. Er öffnete weit das Fenster und ließ die kalte Luft gegen seine Brust und an sein Gesicht prallen und spürte, wie der Blutdruck hochging. Er hob die Hände und hielt sie in den Luftzug, bis sie weiß wurden vor Kälte. Am Ufer und auf den Dächern der Gaslaternen an der Brücke lag Frost. Das Wasser zerlief wie Milchglas.

Daniel überlegte, wo er die dicken Handschuhe hingelegt hatte. Die Wintersachen verwahrte er den Sommer über in einer Kiste im Keller, aber die Kiste hatte er vor ein paar Wochen schon nach oben geschleppt.

Er mochte es, wenn große, gefrorene Schollen im Kanal trieben und sich dünnes Sonnenlicht darin spiegelte. Dann schob er sein Rad am Ufer entlang bis zur Baerwaldbrücke, wo er aufstieg und zur Uni radelte. Der gefrorene Kanal war eine einschätzbare Fläche, und es lag Versöhnung darin, sich vorzustellen, es gäbe nichts unterhalb vom Eis.

Aber noch war es nur Frost, der in einem gleichmäßigen Gazefilm auf dem Asphalt und der Böschung lag.

Er fand seine Handschuhe im obersten Schrankfach neben Kathleens Schlittschuhen. Er dachte daran, wie es im letzten Jahr mit Kathleen auf dem Eis gewesen war. Sie hatte lange Unterhosen getragen, die man im Schritt knöpfen konnte. Er hatte seinen rechten Handschuh ausgezogen, den Schritt aufgeknöpft, und seine Hand war dort unten schön warm geblieben. Sie hatte den Kopf zurückgebogen, und als sie es nicht mehr aushielten, waren sie aufs Eis gefallen, von den anderen nur durch einen dürren Busch verdeckt, und hatten gehofft, das Eis würde nicht unter ihnen schmelzen.

Auf dem Anrufbeantworter war noch sein alter Spruch, und er ging hinüber, um ihn zu ändern. Falls Kathleen anrief, sollte sie wissen, daß er vor heute nachmittag nicht zurück war, und er hoffte, sie würde so schlau sein, nicht vorher bei ihm aufzukreuzen.

Dann rubbelte er die Wildlederhandschuhe mit der Bürste ab, bis das Wildleder wieder rauh und aufständisch aussah, und ging mehrmals kurz hintereinander aufs Klo. Gegen zehn zog er sich an und fuhr zur Uni. Die Sicherheitsabsperrungen an der Brücke waren verschwunden. Im Vienna saß die Frau vor ihrem Milchkaffee.

An unserem letzten Abend, der jetzt für immer der letzte sein würde, obwohl es gar nicht so gedacht war, hat Marlies geweint. Ich habe ihr eine meiner Survival-Zellstoffrollen gegeben, die ich von Schweden noch übrig hatte. Bald war der Tisch übersät von zerknülltem Zellstoff. Über den Krimi haben wir an diesem Abend wieder nicht gesprochen, nur über die Männer, die sie nachts in den Bars traf und so selbstverständlich zu sich nahm wie Brot. Ich konnte es nicht mehr hören.

Früher hatten wir oft nächtelang über Daniel und seine Vorlieben geredet, und dabei war der Daniel, den sie sich vorstellte, ein ganz anderer als meiner. Meiner hatte keine Probleme mit Frauen; ihrer schon. Meiner hatte einen amerikanischen Großvater, Peter Stillman, der sich in den siebziger Jahren von der Brooklyn Bridge gestürzt hatte, weil er fand, daß die Sprache sich seit Jahrhunderten nicht verändert hatte und er wegen dieser Sprache seinem Leben hinterherhinkte. Als Daniel neun war, hatte sein Großvater seiner Großmutter die Ursache für alles Übel in der Welt erklärt und sich nachts darauf auf den Weg gemacht, das zu beenden. Er hatte ihr erklärt, daß man Kriege noch immer im Vokabular des 19. Jahrhunderts führte und daß ihn das ankotzte, und das war ein Wort, unter dem seine Frau leicht zusammengezuckt war. Er erklärte ihr auch, daß man heute zwar keine Ehen mehr schloß und sich auch nicht mehr mit dem Segen der Kirche fortpflanzte, daß aber trotzdem alle noch auf diese Weise darüber sprachen. So bekam niemand mit, wie sie schließlich alle zu ihrer eigenen Fälschung wurden. Man hatte nur den Eindruck, daß alles immer schlechter würde und früher alles besser gewesen sei, aber man sah nicht, daß das an jener Sprache lag, die voller überholter Begriffe, falscher Bedeutungshoheiten und semantischer Fallstricke steckte. Die Sprache war eingetrocknet und steif in den Knochen geworden, und Daniels Großvater hatte es kapiert.

«Quatsch, Großvater!» sagte Marlies. «Wozu brauchen wir eine Genealogie, das ist altmodischer Quark, wer leistet sich heutzutage schon noch Vergangenheit. Man könnte ja keine vernünftige Armbanduhr mehr tragen, man müßte ja immerzu daran denken, wie sie von irgendwelchen Männern im Arsch durch die Weltkriege transportiert und wieder für die nächste Generation gerettet worden ist. Die Welt ist ein großes Hirngespinst. Pulp Fiction. Guck dich doch an», sagte sie und lachte. «Und das mit der Sprache, Darling, das ist westliche Propaganda, also vergiß es.»

Ich fand, ich hatte eine Vergangenheit, auch eine mit Marlies. Ich bin ihr begegnet, da war es Oktober. Die Blätter waren gelb. Oder ich verwechsle das Gelb mit der Farbe der Knorpelkirschen. Jedenfalls war es nach dem Mauerfall, Marlies redete immerzu von Westgeld. Es spielt keine Rolle, ob erst ein Jahr oder schon fünf Jahre seitdem vergangen waren; der Mauerstreifen war schon freigegeben, aufgeforstet oder nicht.

«Aufgeforstet, wo früher die Minen lagen, Schützengrrrmm», sagte Marlies, «und die Toten das Aushängeschild der staatlichen Moral. Eiskalt darüber hinweggeforstet, mit Stahl und Glas zugepflanzt. – Eine hübsche Schonung. Fragt sich nur: Schonung für wen?»

Es war warm, sie trug die Sportjacke offen, die Kirschen waren reif, also war es Juni. Oder ich kam gerade aus Norwegen, da reifen die Kirschen im August. Aber es gab die langen Nächte in ihrer Küche. Ich konnte mich auch gut an die Abende erinnern, wo ich sie von Partys abgeholt und ins Bett gebracht hatte. Ich war in eins der Hotels gelaufen, wo alles reich und schick gekleidet herumlief, und sie mittendrin, ohne sich darum zu kümmern, daß sie billigen Stoff trug. Es war drei oder vier Uhr morgens, die Portiers hingen todmüde in ihren Livreen, aber sie waren immer noch höflich. Wenn ich Marlies gefunden hatte, nahm ich mir einen Sherry von einem der Kellnertabletts und setzte mich in einen Sessel neben der Bar. Ich sah zu, wie es später wurde. Die Gesichter der Leute wurden schlaffer, nur ich selbst war hellwach. Das war mein Job.

«Guck hin», sagte Marlies immer. «Das ist die ganze Kunst: hingucken und die Ohren aufsperren. Alles Weitere ist Abstraktion, und Abstraktionen ist zu mißtrauen.»

Besonders bei den Frauen fiel auf, wie spät es geworden war. Die Tagesform, mit der sie gerade noch Geschäfte gemacht hatten, fing an zu bröckeln, dann sprang der Lippenstift auf und krümelte in den Mundwinkeln. Betrunken, wie sie waren, wurde ihr Lachen willkürlich und deshalb schrill. Sie hielten nicht durch. Es mußte nur Zeit vergehen, und schon veränderten sich ihre Bewegungen, sie wurden erst unkonzentriert, dann zu schnell. Irgendwann kamen sie nicht mehr hinterher, und es sah aus, als verhielten sie sich rückwärts, als würden ihre Bewegungen in die andere Richtung noch einmal wiederholt. Gegen vier Uhr schienen sie dann wieder am Anfang all ihrer Bemühungen angekommen zu sein. Man sah es am Zustand der Schminke. Manchmal mißlang ihnen auch die Haltung der Zigarette, und sie rutschten mit den Ellbogen voran ins Leere. Ich wollte am liebsten hinspringen und sie retten, bevor sie einem der hungrig wartenden Männer um den Hals fielen.

«Schockiert?» fragte Marlies. Als ich protestierte, zuckte sie die Schultern, strich die Asche ab, flüsterte mir rauh ins Ohr, wer wer sei und daß sie das alles entsetzlich langweile und ich sie schleunigst hier wegbringen solle. Bevor wir gingen, ließ sie sich trotzdem immer noch mindestens eine Telefonnummer aufschreiben. Wenn ich sie dann zudeckte, in ihrem Zimmer unter der kahlen Lampe, hat sie meist schon geschlafen. Ich habe sie lange betrachtet; die Schlüsselbeine, der Brustkorb, aus dem einzelne Rippen hervortraten, die weiß darübergespannte Haut. Eine schmale Spur ihres Schenkels, der unter der Decke hervorsah. Ich zog die Gardinen zurück. Der Stadthimmel fiel auf sie, färbte ihr die Lider, verschob ihren Brustkorb, und ihr Körper lag da wie ausgeschnitten. Es war leicht, sich diesen Stadthimmel zunutze zu machen und sie lächeln zu sehen, wo sie vielleicht nur geatmet hat. Aber das Lächeln stand so ruhig hinter dem Schlaf, als wäre sie ganz bei mir. Und ich dachte, was für ein schöner Zustand das sein muß; zu schlafen, als wäre man wach oder tot.

Geeinigt hatten wir uns nie. Für Marlies war Daniel ein durchschnittlich gebildeter Student mit einer mittelmäßigen Psychose, möglicherweise schwarzhaarig und chronisch pleite. Ich gab Daniel den Großvater gegen ihren Willen. Aber das war zu einem Zeitpunkt, als sie mir schon nicht mehr widersprechen konnte.

Am letzten Abend erzählte sie nur, wie der Typ aus der Wohnung an der Admiralsbrücke ihr die Bücherkisten hinterhergeworfen hatte. Die Bücher waren aufgeklappt durch's Treppenhaus gesegelt.

«Drei Kisten voll Bücher!» rief sie, und wir wußten beide nicht, daß sie mir danach nie mehr etwas erzählen würde. «Und jetzt stell dir vor: jedes Buch zufällig irgendwo aufgeschlagen, und dann nimm die Stellen, an denen sie aufgeschlagen sind, und füg sie zusammen ...»

Jemand kam zur Tür des Cafés herein. Marlies sah hinüber und drückte den Rücken durch. Es war einer der Männer, die mit einer vorgebeugten, armseligen Haltung durch die Gegend schleichen. Einer von diesen Entschuldigungstypen, die es erst seit kurzem in der Stadt gibt. Meistens bestellen sie an einer Döner-Bude Pommes, schlingen sie im Gehen herunter und wissen dann nicht mehr, wohin mit sich. Am Ende landen sie in einem Café und bestellen Leitungswasser. Marlies starrte ihn an. Als er sich an einen Tisch weit weg von uns gesetzt hatte, stand sie plötzlich mitten im Satz auf und ging zu ihm hinüber. Der Mann hob zuerst mißtrauisch den Kopf, wahrscheinlich befürchtete er, rausgeworfen zu werden. Aber als sie eine Weile geredet hatten, lächelte er. Am Ende lachte er sogar, und ich sah, wie Marlies ihm abschließend auf die Schulter schlug. Das wirkte komisch, sie war stehend kaum größer als er im Sitzen. Aber wenn sie aufgedreht war, behandelte sie jeden wie einen langjährigen Kumpel und war glücklich, wenn es gelang.

«... dann hat man alles, was man kapieren muß, um zu kapieren, wie diese Welt funktioniert. Merk dir das», sagte sie dann, als wäre sie nie vom Tisch aufgestanden. «Nur daß die Haut eines Mannes niemals so brüchig sein wird wie eine Buchseite.»

«Wer war das?» sagte ich ungerührt.

«Keine Ahnung.»

«Du hättest ihn küssen sollen.»

«Er sah aus, als bräuchte er Unterhaltung», sagte sie.

«Zufällig war es auch noch dein Typ.»

«Findest du ihn hübsch?»

«Hübsch.»

«Na ja. Schon gut. Aber manchmal kann man ja auch jemanden aus Solidaritätsgründen hübsch finden.»

«Das ist nicht hübsch», sagte ich. «Das ist Augenwischerei.»

«Du Spalter. Jedenfalls ist er jetzt glücklicher als vorher, wetten?»

Ich sah sie an.

«Ja! Weil er einen seiner Landsleute getroffen hat!»

«Glaubst du.»

«Sei nicht spießig», sagte sie, eine Antwort, die wieder aus einer ganz anderen Ecke kam. Dann kippte sie den Milchkaffee wie Schnaps, um mir zu zeigen, das Gespräch sei für sie jetzt beendet.

Sie trug ihre hellblaue Sportjacke. Aber dieser Geruch, der plötzlich aufgetaucht war, kam nicht aus der Jacke. So roch sie nur, wenn sie an etwas Trauriges erinnert wurde. Das mußte passiert sein, während sie mit diesem Entschuldigungstypen am Tisch drüben beschäftigt gewesen war. Sie roch nach halbgerauchten Zigaretten und Schrank, ich lehnte mich vorsichtig zurück und hoffte, daß sie es nicht bemerkte.

Aber wenn sie wollte, hat Marlies alles bemerkt. Sie nickte noch einmal diesem Mann zu. Der lächelte debil zurück, als hätte sich eine Offenbarungssehnsucht erfüllt, dabei war er ein heidnischer Geist. Da drüben waren sie heidnisch aufgewachsen, heidnisch und gutgläubig, wie Marlies mir versichert hatte.

Dann sah sie mich mitleidig an.

«Darling», erklärte sie ruhig. «Es muß erst kalt sein, damit das Licht schön wird. Ist dir das noch nie aufgefallen? Eiskalt. Und siehst du, so lebe ich. Das habe ich auch zu ihm gesagt.»

Was soll man da antworten?

Ich hätte ihr mein zweites Zimmer eingerichtet, und sie würde noch leben.

Als der Alte hörte, wie in der Wohnung nebenan die Anlage aufgedreht wurde, wußte er, daß es Morgen war. Draußen war es noch dunkel. Er stand auf, zog den Schonbezug glatt, auf dem sich vom langen Sitzen Falten gebildet hatten, und ging in die Küche. Er war hungrig. Er zog die Pfanne unter der Spüle hervor, schnitt Speck und schlug zwei Eier auf. Während er die Speckwürfel zerteilte, gingen ihm Bilder durch den Kopf. Es waren Erinnerungen in Schwarzweiß und mit den gezackten Rändern von Fotos aus den Fünfzigern.

Er erinnerte sich an das herrenlose Hausboot mit der Lichterkette, an der regelmäßig die Birnen durchgebrannt waren. Er hatte es zu seinem Boot gemacht, nachdem ihm die Kriegsmarine, das Eiserne Kreuz und das Rittergut im Osten, das ihm der Geschichtslehrer für später in Aussicht gestellt hatte, nicht mehr sehr wahrscheinlich erschienen waren. Es war sein erstes Boot gewesen, und es hatte mehr wie eine Kate ausgesehen, die auf leeren Fässern schwamm.

Er erinnerte sich auch an das Pappschild, das er am Ende des Stegs angebracht hatte und weswegen ihn die Leute, die zum Ufer herunterkamen, als Faschisten beschimpften.

«Katze ins Wasser gefallen» stand auf dem Schild. Daneben hing eine Strichliste, die er regelmäßig führte. Die Katze schaffte es selten über den Steg. Als sie ihm zugelaufen war, besaß sie nur noch die Hälfte ihres Gesichtes, Auge und Ohr der anderen Hälfte hatte ein Sprengsatz weggerissen. Bei Wellengang rutschte sie ab und fiel wie ein Gummiball ins Wasser, und er fischte sie mit einem Ast wieder heraus, und jedesmal machte er einen Strich auf der Liste. Er liebte damals an allem die Art, wie es fiel.

Während er die Eier aß und Brot durch das übriggebliebene Fett auf dem Teller schob, versuchte er, sich das Hausboot mit den Augen des Jungen vorzustellen. Es gelang ihm nicht. Er sah entweder den Jungen, und dann war das Ufer befestigt und mit hellen Betonpfeilern bestückt, oder er sah das Boot. Wenn er das Boot sah, sah er sich selbst, verjüngt, über den Steg laufen. Damals hatte er noch nicht gewußt, daß er eines Tages denken würde, die Leute hätten am Ende recht behalten. Sie hatten sein Boot gemieden, und damals war er damit nicht einverstanden gewesen, so wie der Junge vielleicht mit seinem Leben jetzt nicht einverstanden war.

Inzwischen war es hell geworden, und er schaltete das Küchenlicht aus. Den Teller stellte er in die Geschirrspülmaschine. Die Erinnerungen, so schien ihm, wurden in letzter Zeit körperlicher. Sie strengten ihn an, als wäre er weite Strecken gelaufen. Sie schienen direkt aus den Muskeln zu kommen, als hätten sie die Arbeit der Muskeln vor einiger Zeit unbemerkt übernommen, sie vielleicht sogar ersetzt. Eines Tages wären es nur noch die Erinnerungen, die ihn vorantrieben. Dann würde er schon nicht mehr in der Lage sein, eine Treppe hinunterzugehen. Denn jede Treppe, die er noch betreten konnte, wäre dann eine Kombüsentreppe, der eiserne Niedergang der *Erfurt* oder die kleine hölzerne Treppe zu seinem Hausboot am Steg. Das waren Treppen, die nur in seiner Vorstellung existierten, wo sie frei hingen, ohne einen Punkt, von dem aus er losgehen oder an dem er ankommen könnte. Manchmal stellte er sich vor, aus seinem Kopf selbst loszulaufen, den Kopf hinter sich zu lassen, was er sich oft ausgemalt hatte, was ihm aber nie geglückt war. Am Ende war nur das Bild der Katze geblieben, wie sie abrutschte vom Steg, und nachdem die Katze eines Tages verschwunden geblieben war, hatte er das Hausboot aufgegeben.

Als er feststellte, wie sehr ihn das alles erschöpfte, legte er sich ins Bett. Im Schlafzimmer war es kalt. Er mochte es, im Kalten zu schlafen. Er drehte die Heizung nie auf. Im Hausboot hatte er einen kleinen Kanonenofen betrieben. Aber später, auf dem ungeschützten Schanzdeck der *Erfurt,* war es oft kalt gewesen, und er hatte sich daran gewöhnt, und während er noch auf das Klacken der Reifen auf dem Kopfsteinpflaster der Weserstraße lauschte, schlief er endlich ein.

Am frühen Nachmittag wachte er auf und zog wollene Kniestrümpfe an, die er mit Sicherheitsnadeln an seiner langen Unterhose feststeckte. Er fühlte sich frisch und jünger als in der Nacht zuvor und packte ein Beutelchen mit Sachen, die er für den Notfall auf seine Spaziergänge mitnahm. Pflaster, Stift, die gelben Tabletten und seinen Ausweis. Die Tüte mit Proviant stopfte er in die Manteltasche. Auf der Treppe traf er den Nachbarn.

«Morjen, Morjen!»

Der Schwung dieses Mannes erschreckte ihn und machte ihn schwerfälliger, als er sich fühlte.

«Jeht's wieder an die Luft, ja? – Und? Keene Angst?» Der Nachbar deutete mit dem Kopf zum Fenster. «Glatt wie'n Kinderpopo da draußen!» Der Alte sah ihn grinsen und hatte für einen Moment das Gefühl, der Mann wüßte Bescheid. Er spürte, wie sein Puls wieder anfing zu hämmern. Aber der Mund des Nachbarn war so breit, daß es ihm schwerfiel zu entscheiden, ob er tatsächlich grinste. Sein Grinsen schien eher eine Form zu sein, auf die das Gesicht festgelegt war. Und dann hörte er schon, wie die Tür des Nachbarn zuging, und war froh. Es hätte ihn heute mehr Mühe gekostet als sonst, an den Bildern in seinem Kopf vorbeizureden. Aber auch hinter jedem Wort, mit dem er den Jungen verschwieg, trat dieser nur um so deutlicher hervor. Auf der untersten Stufe mußte er niesen.

«Gesundheit!» Der Nachbar hatte die Tür nicht geschlossen. Er stand noch oben auf seinem Korkabtreter und spähte ihm hinterher.

«Und Ihnen ein langes Leben», antwortete er, so leise, daß es fast wie eine Drohung klang.

Bevor er zum Planufer ging, machte er einen Abstecher zum Hohenstaufenplatz. Die Strümpfe kratzten an seinen Beinen, und er blieb mehrmals stehen, um die Sicherheitsnadeln wieder festzustecken. Vom Kottbusser Damm bog er in die Boppstraße ab und erreichte den Hohenstaufenplatz von der Südseite.

Die Grünfläche lag unter Rauhreif, der noch nicht betreten worden war. Er blieb am Rand der Fläche stehen, dort, wo das JoJo vom Toilettenhäuschen verdeckt wurde. Es war still. Die Stille war unbeweglich, als stünden Schatten vor der Sonne, die sich langsam über den Platz legten. Dann sah er, daß es die Schatten von Tauben waren, die drüben vom Spielplatz aufgeflattert waren und sich jetzt überall auf dem Rasen niederließen, und dann hörte er auch die Stimmen der Kinder.

Zwischen den Bäumen hindurch sah er sie über den Spielplatz toben. Ein Mädchen machte am gefrorenen Klettergerüst Knieumschwünge, ihr knöchellanger Rock schleifte im Sand. Er sah das Mädchen kopfüber baumeln, die Haare hatte es zu Zöpfen gebunden, die jetzt nach unten abstanden. Einen Moment hing es bewegungslos. Dann kam die Mutter, griff es um die Hüfte und setzte es auf. Als die Mutter beiseite ging, ließ sich das Kind sofort wieder kopfüber nach unten fallen.

Früher hatte er geglaubt, alles zu kennen durch die Art, wie es fiel. Jetzt war das nur die Vergangenheit, die manchmal noch Ausbrüche in seinem Kopf machte. Er setzte sich auf die Bank neben den Tauben und dachte, wenn er den Jungen heute noch einmal sehen könnte, würde er ihn für immer in Ruhe lassen. Er wollte ihn nur heute noch einmal sehen, noch einmal sein Haar betrachten, das ihm schräg in die Stirn fiel, wenn er sich über den Fahrradlenker beugte. Er hatte dasselbe schon gestern gedacht, aber daran dachte er in diesem Moment nicht. Er dachte nur, daß es ihm ernst war und daß er nichts machen konnte, wenn ihn aus dem Nichts ein Geruch anfiel, der unverkennbar der Geruch des Jungen war. Es kam ihm sogar vor, als würde sein eigener Körper, der immer nachlässiger wurde in der Absonderung von Gerüchen, den Geruch des Jungen bereitwillig aufnehmen. Sein Körper zog sich zurück. Er wurde papierener und durchlässig, als wäre keine Grenze zur äußeren Welt mehr nötig, und damit verschwand auch die Fähigkeit, in sie hineinzuleben. Statt dessen lagerten sich fremde Gerüche ein in den Linien seiner Hände, in den kleinen Rissen unterhalb der Nagelbetten und in den Falten seiner Kleidung. Wenn er morgens denselben Pullover wählte, den er tags zuvor schon getragen hatte, und daran roch, dann roch er oft nicht mehr sich selbst. Dann roch er das, was der Pullover an Fremdem aufgesogen hatte, und seit einiger Zeit gehörte dazu der Geruch des Jungen.

Der Junge roch nach Gras und fingerdicken Zigarillos, er roch nach einem sanften Gemisch aus Zahnpasta und billigem Rasierwasser und nach frischem Schweiß vom Fahrradfahren. Der Alte schämte sich, das zu denken, und dachte dann an Christophorus. Manchmal schien es ihm, als seien Christophorus und der Junge ein und derselbe, denn sie zählten beide zu den Dingen in seiner Vorstellung, mit denen er sich gleich lange beschäftigt hatte. Da hatten sie dasselbe Alter, auch wenn der Junge unverschämt jung war. Aber es war tröstlich, die Spanne aus Lebenszeit, die sich zwischen ihnen dehnte, durch so eine Gleichsetzung zu verkürzen.

Als er den Hohenstaufenplatz an den Sandkästen vorbei verließ, kamen zwei Kinder herübergelaufen. Sie stolperten vor ihm her, abgelenkt durch seine schaukelnde Art zu gehen. In ihren Fäusten steckten Süßigkeiten. Er blieb stehen, beugte sich vor und sagte:

«Da hast du aber einen schönen Himbeerlutscher.»

«Erdbeer», sagte das Kind.

«Ach so. Natürlich. Erdbeer. Und was ißt *du* da?»

«Lackritze», sagte der andere, der nur einen Kopf größer war, aber schon der Beschützer des Jüngeren. Ihre Lippen glänzten vor Zucker, der Alte sah ihre Zungen darüberschießen und hörte das Schmatzen, mit dem der eine sich den Lutscher nachlässig aus dem Mund zog.

Lippen wie Rosenblätter an kaltseidenen Jungs, hörte er tief unten in seinem Kopf, wobei er schon fiebrig versuchte, etwas Gegenteiliges zu denken. Aber zu diesem Gedanken gab es kein Gegenteil. Es war immer das gleiche Gesicht, das er suchte, und immer das gleiche Gesicht, das er fand. Es fiel ihm schwer, seine Hände ruhig zu halten, und er wandte sich ab. Er konnte spüren, wie die Kinder ihm hinterherstarrten.

Er folgte der Dieffenbachstraße und bog dann ab in Richtung Admiralsbrücke. Er blieb diesmal nicht lange dort. Es war schon später Nachmittag geworden, und als er an der Brückenbefestigung lehnte, unter sich das Wasser, das ihn für Momente ein Ruder halten ließ, als würde er raumschots segeln, fühlte er sich beobachtet. Vor einem schwarzen BMW standen die beiden Beamten in Zivil. Ein letztes Mal zog er die rutschenden Kniestrümpfe fest und schlenderte dann auf der anderen Seite des Ufers davon. Auf dem Weg zur U-Bahn beeilte er sich, weil ihm plötzlich etwas eingefallen war.

Er verließ die U-Bahn am Rathaus Neukölln und überquerte die Straße. Es war spät, aber vor den Schaltern der Post gab es nur eine kurze Schlange. Er suchte nach einem Zettel in seinen Taschen, fand schließlich in seinem Portemonnaie einen alten Kassenbon, den er glättete und auf dessen Rückseite er eine Notiz schrieb. Er hatte keine Erfahrung im Finden von Sätzen, er hatte nur Bilder im Kopf und das Geräusch pfeifender Dynamos von seinen Abenden auf der Admiralsbrücke. Als er den Stift ansetzte, platzte die Kugelschreibermine heraus und bohrte ein Loch ins Papier.

Aber die Adresse des Jungen hatte er im Kopf. «Und sonst?» sagte der Postbeamte, als der Alte an der Reihe war, stempelte den Brief und fegte ihn in einen Karton. «Kann ich sonst nichts für Sie tun? Briefmarken, Telefonkarten, Sondermarken, nichts?» Der Alte war sich plötzlich unsicher, ob der Brief nicht daneben gefallen war, ob er ihn nicht unter den Stuhl des Beamten oder unter den Schreibtisch hatte fallen sehen, wo er liegenbleiben und vergessen werden würde.

«Haben Sie ihn auch richtig eingeordnet?» sagte er. «Er ist wichtig, verstehen Sie. Er muß unbedingt ankommen.»

«Aber natürlich», sagte der Beamte, «unsere Post kommt immer an! Aber ich geb Ihnen noch was zum Lesen mit.» Auf der Straße, als der Alte den gelben Flyer, der unter dem Schalterfenster hindurchgeschoben worden war, auseinanderklappte, las er: *Ökostrom per Post* und stellte sich die Ostsee vor, wie sie immer wieder aus seinem Briefkasten schoß und alles ertränkte.

Aber dann, einen Monat später, war Marlies tot. Es ging so schnell. Es kam so überraschend und war so leicht.

Auch die Friedhöfe sind ja heute so einladend, daß man sich schwer vorstellen kann, jemand wolle nicht sterben. Statt dessen sträuben sie sich, verbeißen sich ins Leben, als wäre das nicht die viel größere Anstrengung. Dabei muß Sterben so beiläufig sein wie in eine Parkanlage gehen, auf einen Sonntagnachmittagsspaziergang, der dann nur einfach nie zu Ende ist.

Vielleicht ist das zu unspektakulär. Selbst Sterben lohnt nicht mehr, wenn es so leicht geht, also wird nicht gestorben. Auch für Marlies kann es sich nicht gelohnt haben, für sie schon gar nicht, die das Leben wie eine Love-Parade betrieben hat, immer bis an den Rand der Ekstase, immer bis zum Äußersten.

Ein einziges Mal bin ich mit ihr auf einem Friedhof gewesen, zufällig auch an einem Sonntagnachmittag, der so klar blau war, daß die Grabinschriften aufblitzten, wenn die Sonne sie traf.

Zuerst hatte Marlies sich geweigert. Aber ich dachte, es würde uns inspirieren. Ich redete mir ein, man könnte anhand der Lebensdaten und der Form der Grabsteine die Geschichten der Leute rekonstruieren.

«Wir haben noch nie was ausprobiert, was ich vorgeschlagen habe», hab ich zu ihr gesagt. «Hast du das eigentlich schon mal bemerkt?»

«Is ja schon gut. So kenn ich dich ja gar nicht», sagte Marlies. «Dann machen wir das eben. Welche Leiche exhumieren wir zuerst?»

Der St.-Martins-Friedhof ist ein alter bürgerlicher Friedhof mit riesigen Grabstätten in klassizistischem Stil. Auf dem Gemäuer des Friedhofstores steht eine Inschrift. Sie war mir nie aufgefallen, vielleicht war sie auch neu. Marlies blieb davor stehen, und wir lasen in Großbuchstaben MEHR HINGABE. Jemand hatte krakelig daruntergesetzt + Freiheit.

«Möchte wissen, wer das zusammendenken kann», sagte Marlies. «Das kann doch nur wieder so 'n westlicher Kulturromantiker gewesen sein, wetten? Als Kind haben diese Typen Nietzsche gelesen, dann Heidegger, und wenn sie aus der Pubertät raus sind, glauben sie, jetzt müssen sie mit Marx ihr gesamtes revolutionäres Defizit aufholen! Und alles, was dabei rauskommt, sind politische Einbrüche, kaputte Nostalgiker und auseinanderbrechende Beziehungen. Ich frag mich, was du hier finden willst.»

Ich protestierte. Ich sah nicht ein, Marlies auch noch theoretisch über Beziehungen reden zu hören. Ich machte sie darauf aufmerksam, daß in der absoluten Hingabe auch die größte Freiheit liegen konnte. «Hingabe ist nicht Selbstaufgabe, nicht Abwerfen jeglicher Zuständigkeit», fing ich an, «nicht die willkommene Entgegennahme der Macht des anderen – sie heißt nicht, sich auf Gedeih und Verderb auszuliefern bis hin zum Einverständnis, sich töten zu lassen. Im Gegenteil: Hingabe ist die höchste Form der Selbstbeherrschung! Und das ist Freiheit.» Als ich das sagte und Marlies neben mir gehen sah mit ihren unruhigen großen Schritten, fühlte ich mich sehr von mir selbst verstanden.

«Eine schicke, explosive Mischung», hatte Marlies gesagt. «Die Hingabe eines Leibeigenen. Schon mal was von Sosnowskij gehört? Solltest du aber. Russisches Kulturgut. Dieser Sosnowskij, seines Zeichens Leibeigener, wird von seinem Gutsherrn nach Italien zum Studium geschickt. Ist ja nicht unbedingt üblich. Aber der Trottel ist so voller Hingabe an seinen Herrn, daß er freiwillig in die Leibeigenschaft zurückkehrt. Und was macht er, als er wieder da ist? Der bringt sich um. Er hat nichts Besseres zu tun, als sich ratz, fatz zu erhängen. Also: Freiheit? Das einzige, was wir kennen, sind doch die Grenzen der Freiheit. Und weil wir das nicht ertragen, siehe Sosnowskij, nennen wir es Hingabe. Hübsch romantisch verbrämt!» Dann lachte sie, drehte sich um und lief in die Nachmittagssonne.

«Deine Hingabe», rief sie mir zu, «die möchte ich echt nicht erleben! Und jetzt komm, ich hab genug langweilige Steine gesehen.»

Ich habe dann keine Vorschläge mehr gemacht. Nur bei Daniel hab ich aus Trotz hartnäckig widersprochen. Ich wollte ihn nicht schwarzhaarig, sondern blond. Ich fand seine Kordhosen peinlich, sein Aftershave billig, das Mountainbike uncool. Einer wie Daniel würde ein altes, aufgemöbeltes Rennrad fahren und statt Baumwolle Marken-

Bomberjacken tragen. Ich hätte ihn gern weniger mittelmäßig, dafür aber mit Aidsschleife, Interesse an guten Cocktails, eben mehr auf der Höhe der Zeit gehabt, und Marlies wußte, daß es dabei um meine Freiheiten ging.

Jetzt, wo Marlies tot ist, kommt mir ihr Daniel viel lebendiger vor.

Als Daniel von der Uni kam, hielt er am Zeitungsladen, um die taz zu kaufen. Er lehnte sein Rad ans Baugerüst. Seit vorgestern war das Gerüst am Gebäude nicht höher gezogen, sondern sogar teilweise wieder abgebaut worden. Jetzt werkelten die Bauarbeiter drei Etagen tiefer als am Montag. Es schien, als hätten sie die Hälfte der Stangen abmontiert, nur um einige Meter darunter noch einmal neu anzufangen. Beschäftigungstherapien, dachte Daniel, eine Sammlung von Verzögerungen, nur das hielt die Gesellschaft überhaupt noch in Gang.

Aber er hatte heute zuviel Glück gehabt, um sich darüber aufzuregen. Über dem Kanal hing in mattem Orange die Sonne. Der Alte hatte sich nicht gezeigt. An der Uni waren die Seminare in der üblichen Eintönigkeit verlaufen. Er hatte sie nicht nur mühelos bewältigt, sondern sich auch noch mit den Kältegraden seiner Lieblingsprofessorin beschäftigen können, ohne abgelenkt zu werden.

Die Kastanien am Ufer hatten wieder ihren gelben, städtisch kranken Schliff wie an den Tagen, als es den Alten in seinem Leben noch nicht gegeben hatte. Sogar die Gaslaternen waren abgeschaltet. Und nach alldem war es die nur allzu logische Konsequenz, daß der Fall inzwischen geklärt war oder die Polizei eine heiße Spur verfolgte.

Er nahm sich die taz, kaufte Tabak und eine Stange billige Zigaretten und hielt die Zeitung dann mit frierenden Fingern. Obwohl die Kälte in seinen Körper schnitt, trödelte er am Bäcker vorbei, schoß Steinchen zwischen den Gittern der Uferbefestigung hindurch und beobachtete, wie sie im vereisten Schilf hängenblieben.

Er stellte sich vor, die Wohnungstür zu öffnen, wenn Kathleen gerade anrief. Sie hatte sich lange nicht gemeldet. Aber wie immer vergaß sie, sich dafür zu entschuldigen. Sie würde aufs Band sprechen, ihre Stimme würde sich in den Flur hineinschrauben, und er würde Fröhlichkeit bemerken, aber an den Satzenden auch eine gewisse Ängstlichkeit. Vielleicht würde sie flüstern. Sie machte sich Sorgen. Vielleicht hatte sie schon unzählige Male versucht, ihn zu erreichen, und würde jetzt aufgeregt flüstern: «Dani? – Dani, was ist los, bist du da?» Und mit einem weinerlichen Auslaufen ihrer Stimme würde sie nach einer Pause sagen: «Dann geh doch ran. Bitte!» Er würde nachsichtig den Anrufbeantworter anlächeln, einen Knutschmund machen oder ein mitleidiges Gesicht, aber auf keinen Fall würde er sie wissen lassen, daß er, während sie in eine leere Wohnung hineinzuflüstern glaubte, direkt daneben stand.

Die Vorstellung ihrer Stimme auf Band wurde körperlicher, je länger sie ausblieb. Er hatte lange nicht gevögelt, und bei Kathleen stellte er sich immer die Stimme vor, nie ihr Gesicht. Am besten gefiel sie ihm hoch und dünn wie damals auf dem Eis. «Dani, nicht», hatte sie gefleht, «hör auf!» Er hatte ihre Taille unter der Winterjacke fest mit beiden Händen umschlossen, ihre Haut hielt seine Finger warm, und er konnte nicht aufhören oder hatte gesagt, er könne nicht, so, wie sie vor ihm lag, zerbrechlich und einsam, und ihre Wange schürfte über das Eis.

Jeder endliche Körper ist vollkommen, dachte er. Dann nahm er seine Post aus dem Briefkasten.

Als er nach oben ging, klemmte er dem Schnorrer die billigen Zigaretten hinter den Türknauf. «Träum weiter, Kumpel!» empfahl er flüsternd der geschlossenen Tür, bevor er die Treppe hochspurtete und sicherheitshalber zwei Stufen auf einmal nahm. Den Absender auf dem Briefkopf bemerkte er, als er gerade beschlossen hatte, ausgiebig zu pissen. Er hatte überlegt, sich einen runterzuholen oder zu pissen, aber Pissen war ihm in diesem Fall reinigender und weniger anstrengend erschienen. Und als er begriff, wer sich hinter dem zittrig verschnörkelten Absender verbarg, unterdrückte er den Impuls, den Brief wegzuwerfen, fallen zu lassen, ihn durchs Treppengeländer zu schießen, vor die Tür des Schnorrers oder weiter. Er riß die Schnürsenkel auf.

Der Brief trug seinen Namen in steiler, unzusammenhängender Schrift. Der Kugelschreiber war zu sehr aufgedrückt, und sein Nachname war falsch geschrieben. Stillmann mit einem l.

Daniel war früher nie anfällig gewesen. Er hatte sich als Neunjähriger mit einem Kleiderbügel in den Flur vor die Wohnungstür gesetzt und die Wohnung bewacht, wenn seine Eltern auf einer Betriebsfeier waren. Ein einziges Mal hatte er geweint. Oder er konnte sich nur an dieses eine Mal erinnern, weil seine Mutter darauf genau zwei einander widersprechende Antworten gehabt hatte. Schmerz, hatte sie gesagt und sich dabei hochgeschraubt, sei ein Prüfstein der Glaubensfestigkeit, und wenn er jetzt weinen müsse, sei das die Strafe für die Schuld aller, die mit nichts gutzumachen war. Sie hatte den Zeigefinger auf seine Schulter geschlagen, als wären diese grundsätzlichen Dinge nur in einem bestimmten Rhythmus klarzumachen, und dann hatte sie ihre Handtasche geschnappt und ihn zum Abschied auf die Stirn geküßt. Und wenn sie gekonnt hätte, dachte er, hätte sie versucht, ihm statt dessen ein Kreuz draufzunageln.

Dabei war Schmerz die notwendige Unterbrechung des sinnlosen Schleuderwurfs der Welt gegen null. Wie Gravitation zur Materie verhielt sich der Schmerz zum Leben. Er war Konzentration, die erlösende Fokussierung auf einen Punkt, die jede Bewegung untersagte. Nur im Schmerz war es möglich, in einer einzigartigen Stillstandskonstante vorhanden zu sein.

Damals als Neunjähriger, mit dem Kleiderbügel vor sich auf den Knien und unter sich die kalte Auslegware, hatte ihm nichts mehr bevorgestanden. Nichts konnte mehr passieren, wo seine Eltern für immer gegangen waren, wo die Nacht sich nicht mehr von ihm unterschied, von seinem kindlichen Körper, an dem die Knie langsam steif wurden, und wo der Nullpunkt so weit überschritten war, daß man ihn von hinten sah. Ausgeschnitten aus dem andauernden idiotischen Rasen war der Nullpunkt klar und fest umrissen wie ein Berggipfel. Dabei stellte man sich vor, er müßte tief, weit unterhalb von allem zu finden sein, was von der geographischen Assoziation zum Meeresspiegel herrührte; auch so ein Unsinn, wo kein Mensch bisher die Tiefsee wirklich erforscht hatte.

Jetzt hob Daniel den Brief vom Abtreter auf wie Explosives. Er trug ihn ins Bad, wo keine Fenster waren. Die Schuhe, halb aufgeschnürt, behielt er an. Er hatte den Neunjährigen im Kopf, aber er kam nicht zu ihm zurück. Alles, was er spürte, waren Kurven mit wechselnder Frequenz, Herzrasen, gefolgt von einer merkwürdigen Stumpfheit.

Dreck war von seinen Schuhen auf die Dielen gefallen. Als er aus dem Bad kam, schloß er zuerst die Tür zu seinem Zimmer, bevor er das Flurlicht einschaltete und den Dreck aufkehrte. Der Anrufbeantworter war leer.

Der Brief lag ungeöffnet auf dem Badewannenrand.

Er kontrollierte die Wohnungstür und zog in seinem Zimmer alle Vorhänge zu. Die taz las er wie seine Mutter das Gesangbuch, auf flachen, geöffneten Handflächen.

Aber er fand nichts. «Bush in Berlin – Rückkehr zum Todesstern!» war der Aufmacher. «Na, klasse», hörte er die Bäckersfrau, «da können sich die Bullen hinter ihren Wasserwerfern ja jetzt austoben wie Sturmtruppen auf Jedi-Jagd!» Auf der Berlinseite wurde dreispaltig ein Straßenfest gefeiert, die hochformatigen Gesichter unter Girlanden ahnten nicht, daß sie denselben Platz einnahmen, wo zuvor ein Mord geschehen war. Auch in den Kurzmeldungen gab es keinen Hinweis, keinen Vermerk. Erst auf der Seite «die wahrheit» stieß Daniel auf das Wort Selbstmord. Aber dann war es nur eine mäßig witzige Meldung über den Suizid eines WG-Hamsters.

Zweimal glich er das Erscheinungsdatum der Zeitung mit dem Datum auf seiner Uhr ab. Er starrte eine Weile auf das grünliche Feld, das seine Schreibtischlampe auf die Überschriften warf. Schließlich legte er die Zeitung weg. Seiner Uhr nach war es Mittwoch, bei der taz hatten sie Donnerstag vor einer Woche, aber das konnte nur ein Druckfehler oder ein ebenso witzloser redaktioneller Einfall sein.

In der Wohnung war es still. Aus dem Bad fiel ein schmaler Lichtstreifen, der sich im Flur mit dem Tageslicht aus der Küche vermischte und als grauer Film auf die Möbel im Zimmer und auf seine Beine legte.

Er gab nichts auf sein Weltbild. Er gab nichts mehr auf die taz. Aber die schlappen, hängenden Wangen der Beamten, die jedes Verbrechen von vornherein mit ihrer Müdigkeit kommentierten, waren ein Vergehen, das er persönlich nahm. Wie leicht sie die tatsächlichen Tragödien mißverstanden. Wie wenig ihnen zu dem, was erst gestern geschehen war, heute noch einfiel. Windschutzscheiben waren ihr eigentliches Gebiet, Windschutzscheiben an den Autos von Falschparkern. Für alles andere hatten sie kein Gespür. Er dachte an die Handschrift auf dem Brief, der auf seinem Badwannenrand lag, und wie er so etwas Unsicheres ihnen anvertrauen sollte, wo sie doch nicht einmal mit technischem Instrument, polizeilicher Spezialausbildung und einem Beamtengehalt in der Lage waren, das richtig einzuschätzen, was täglich da draußen auf der Straße passierte und üblicherweise für die Wirklichkeit gehalten wurde.

Aber vielleicht hatten auch sie schon begriffen, daß sie hinter Glas spielten, daß alle ihre Bemühungen um eine gründliche Faßbarkeit durch dickes Panzerglas vereitelt wurden. Sie konnten niemals einen Fall aufklären, weil ein Fall erst dadurch entstand, daß sie ihn rekonstruierten, aber mit ihrer Rekonstruktion verwischten sie die Fakten, und am Ende hatten sie nur geklärt, was sie selbst erst entworfen hatten. Jeder Hilbert-Raum war eine verläßlichere Größe, weil er von Grund auf konstruiert war und sich nicht auf eine schwankende Einbildung bezog, in der die Wirklichkeit mal hoch, mal niedrig dosiert war.

Daniel stand auf. Er öffnete die Tür des verzierten Bambusholzschränkchens, das ihm als Teetisch verkauft worden war, wo er aber den Alkohol aufbewahrte. Es ging so schnell, daß er das erste Glas Whisky kaum mitbekam. Er schmeckte ihn erst, als er auch den Rest der Flasche ausgetrunken hatte.

Dann ging er wieder ins Bad. Er setzte sich auf den Klodeckel und schlitzte mit dem Zeigefinger den Umschlag auf.

«Lieber Daniel Stilmann», las er. «Sehen Sie. So leicht werden Sie mich nicht los. Verstehe Sie immer besser.» Dann folgte ein Loch im Papier, das ihm wie ein ausgestanzter Buchstabe vorkam. Gratuliere, dachte er, dann hat ja wenigstens für dich das alles einen Sinn.

«Sie wußten, daß ich Ihnen schreibe. Fällt einem im Alter

schwer. Aber Sie haben gelitten. Das ist in Ihrem Gesicht. Schon im JoJo, als Sie Zigaretten kauften. Vertrauen Sie mir. Werde Ihnen helfen.» Der Brief ergab Sinn. Die Adresse ergab Sinn. Aber der Sinn entging ihm, was Daniel am meisten erschreckte.

«Sie sind romantisch», las er. «Dann ahnen Sie schon, obwohl Sie jung sind, was ich erst spät begriff: Das einzige Mal im Leben, wo man es braucht, wird alles, was man weiß und gelernt hat, immer umsonst sein. – Vertrauliches, entschuldigen Sie.»

«Nicht entschuldigt», sagte Daniel. Und doch drang diese Vertraulichkeit direkt in seinen Körper. Sie berührte ein Zentrum oberhalb des Nabels, nicht die Punkte darunter, wie er es von Kathleens Stimme her gewohnt war. Er stemmte die Füße gegen den Boden, er räusperte sich. Aber es klang, als hätte man ihm mit einer Sichel die Stimmbänder gekappt.

«Man steckt einmal drin. Ich stecke drin, seit die Alliierten in der Normandie gelandet sind. Alt, werden Sie sagen. Ja. Einundsechzig, als die Alliierten wieder abgerückt sind. Was sollen Sie mit so einer Gegenwart wie meiner anfangen? Aber ohne mich, mein Junge, sind Sie todsicher verloren.»

Die Schrift zog über den Wannenrand, sie spiegelte sich in den Kacheln, und Daniel kam es vor, als würde der Klodeckel, auf dem er saß, vor- und zurückbewegt wie ein Blatt, das gemeinsam mit den Buchstaben über den Boden glitt. Er sah sein Gesicht verdoppelt und aufgebläht auf der Wasseroberfläche treiben und überspült werden und verlor den

Brief aus den Augen. Dann entdeckte er ihn tief unten zwischen den Knien und fischte nach ihm, bevor ihn Regen und Sturm davonschleudern konnten.

«Töten ist leichter als leben lassen», schloß der Brief. «Aber keine Angst. Ich werde Sie nicht verraten. Jede Begegnung mit Ihnen macht mich ein bißchen ganz. Werden uns schon wiedersehen. Wie immer. Um zwei am Ufer. Walter Pohl»

Daniel schwamm zum Badewannenrand und kotzte.

Inzwischen ist der Sommer fast um. Es wird schneller dunkel, und draußen am Himmel tobt die Stadt. Da oben im Norden war es viel länger hell. Da oben verstehen sie noch, was Entfernungen zwischen Dingen bedeuten. Sie haben ihre Häuser mit Abstand voneinander gebaut. Manchmal liegt ein ganzer Gebirgszug zwischen einer Adresse und der nächsten. Da oben war der Gedanke an den Krimi das einzige, was von Marlies blieb. Wie jetzt. Ich bin erfüllt von der Ferne zu ihr und sitze, seit sie tot ist, am Schreibtisch. Der Computer läuft. Es geht voran, ich schreibe die Nächte durch, aber nie werde ich so gut sein wie sie. Ich sitze hier nur, weil ab jetzt alles stellvertretend geschehen muß.

Es lenkt mich ab. Vor dem Fenster steht ein Baum, und wenn der Wind die oberen Äste bewegt, kommt es mir manchmal vor, als würde Marlies da stehen und in ihrer übertriebenen Art winken. Obwohl ich genau weiß, daß das nicht sein kann. Aber wenn ich nicht nachsehen würde, würde sie die ganze Zeit da stehenbleiben, am oberen Lidrand, sie würde sich ausformen, so deutlich werden, bis ich es nicht mehr aushielte und hinschauen müßte, nur um mich zu vergewissern, daß es wirklich nicht sein kann. Als würde sich ein letzter Rest Wissen immer noch hartnäckig halten, der mir sagt, sie lebt. Der mir sagt, ich könnte die Dinge rückgängig machen. Aber auch das kann nicht sein.

Wie Marlies eigentlich gestorben ist, kann mir keiner sagen. Ihre Mutter hat die Tür mit schwarzem Krepp bespannt und läßt mich nicht rein. Bis auf ihre wechselnden Männer hatte Marlies keine Freunde. Einer dieser Männer hat mir am Telefon gesagt, sie sei wohl einfach verschwunden. Aber ich weiß, das ist nur die Variante, die er am liebsten hat. Es ist bequem. Einmal kam ich zu früh und habe vor der Tür mit anhören müssen, wie er sie anschrie:

«Warum, glaubst du, halte ich mir diese Wohnung hier überhaupt? Zum Spaß? Tausenddreihundert Mark im Monat zum Spaß? Ich habe diese verdammte Wohnung nur, um dich durch die gesamten achtzig Quadratmeter vögeln zu können, und jetzt willst du mit mir diskutieren?»

Bei der Polizei haben sie eine Vermißtenmeldung herausgegeben. Aber das wird nichts nützen. Eine wie Marlies verschwindet nicht. Marlies war schön. Sie war nicht leicht schön, keine mit Schultern zum Anlehnen, aus denen man Liebesglocken für die Ewigkeit macht. Sie war eine der auffälligsten Frauen, die ich kennengelernt habe. Sie trug Miniröcke, als alle Welt Bundfaltenhosen trug, und machte sich nichts daraus, peinlich laut zu lachen. Frauen wie sie können nur dasein oder tot.

Nichts dazwischen.

Und mir wird immer klarer, warum Daniel so sein muß, wie sie ihn beschrieb.

Abends rückte er den Schreibtisch vom Fenster weg. Ihm war immer noch schlecht, und er vermied es, nach draußen zu sehen. Er hielt den Brief über eine Kerze und beobachtete, wie sich das Papier zuerst krümmte und dann schwarz wurde, wie es seine Existenz rückwärts abspulte, wieder in sich hineinkroch und den Raum mitnahm, der ihm seine Anwesenheit garantiert hatte. In kleinen grauen Bündeln fiel es auf die Schreibtischplatte, wurde zu Asche, die Daniel wegpustete. Er überlegte, ob zwei Uhr tags gemeint war oder zwei Uhr nachts.

Als er Schritte im Treppenhaus hörte, lauschte er zur Wohnungstür hinüber und unterdrückte den kindischen Impuls, einen Kleiderbügel aus dem Schrank zu nehmen. Aber dann waren es nur Mädchen, und einmal, als die Schritte schon auf seine Tür zukamen, war es der Pizzaservice für den Nachbarn.

Daniel saß in seinem Sessel, die Finger um die Armlehnen gekrümmt, und atmete zu schnell. Seine Finger begannen zu kribbeln, wurden kalt und kraftlos und rutschen an den Armlehnen ab. Er sah den Alten mit nach außen gekehrten Manteltaschen sich über ihn beugen, hätte gern jemanden gehabt, dem er das erzählen konnte, und wußte nicht, wem. Er schaltete das Licht nicht ein. Wenn er hätte lesen wollen, hätte er die Lampe mit dem grünen Schirm benutzen können. Aber er las nicht. Nur die Zigarette glühte manchmal auf im Dunkel vor seinem Gesicht.

Schließlich rief er Kathleen an. Niemand hob ab.

«Komm schon, geh ran.» Nachdem er aufgelegt hatte, hörte er seiner Stimme nach. Er sah Kathleen vor sich, ihre blauen Augen, halb vom Brillengestell verdeckt. Mit ihrer Brille sah sie aus, als wäre sie über alles, was er tat, erstaunt. Es war der Blick, den er am deutlichsten in Erinnerung hatte. Jetzt begann ihm auch der in andere Gesichter hinein zu verschwimmen. Er meinte sich zu erinnern, daß sie ihm gesagt hatte, sie würde am Mittwoch eine Freundin besuchen, und er dachte eine Weile darüber nach.

Als er nachts aufwachte, roch er seinen Schweiß, trotzdem ließ er die Fenster zu. Einmal stand er auf, um die Nummer der zuständigen Polizeidienststelle im Telefonbuch zu suchen, und als er sie nicht sofort fand, fiel ihm die Visitenkarte hinter der Brotmaschine wieder ein. Er legte sie vor sich auf das niedrige Telefontischchen. Er wählte, aber ohne den Hörer abzuheben.

Als es hinter den Häusern hell wurde, stand er erleichtert auf, wusch sich und stellte das Radio an. Erst über den Nachrichten kam ihm sein Zustand nicht mehr verwunderlich vor, schienen seine nächtlichen Wandlungen nicht mehr absurd. Er setzte sich an den Schreibtisch und entwarf Hilbert-Räume, geradlinige, überschaubare Konstruktionen, die dennoch nicht mit gewöhnlichem Vokabular zu erklären waren, und beobachtete die Sonne auf ihrer immergleichen Bahn durch sein Zimmer.

Es kam ihm sogar vernünftig vor, in diesem Zimmer über der Stadt zu sitzen, eingebunden in die vierte Dimension einer Formel, während sie da unten einer blödsinnigen Individualitätsnorm hinterherrasten. Da unten waren sie ausgerüstet mit Handys, Freizeitanzügen und hochhackigen Erkenntnissen über die Geschlechter, Börsendaten, Speicherkapazitäten und die schnellsten Flugverbindungen zwischen den Kontinenten, und doch wurden sie davon langsam ausgewaschen. Zurück blieben nicht mehr voneinander zu unterscheidende Formen, deren Inneres eine ungeschützte Hohlheit ausmachte, die auch in ihn sofort eingezogen war, als er an einer der neuen, nackten Telefonstelen versucht hatte, Kathleen zu erreichen.

Draußen gab es den ersten Bodenfrost.

Daniel schlich sich ans Fenster, um hinunterzusehen. Das Ufer war leer. Nur ein Radfahrer nahm ungelenk die Kurve zur Brücke. Aber dann merkte er, daß der Alte dadurch nur um so nachhaltiger in ihn einsank, in das Zentrum oberhalb des Nabels, was den Schrecken steigerte, je länger er ausblieb. Es war das, was er an Hitchcockfilmen so mochte und was ihn jetzt, wo es ins eigene Leben trat, bedingungslos dem Zufall und jeder Form der Selbstbestimmung entzog.

Er ging in die Küche. Er maß vier Teelöffel Espresso ab und machte sich einen Milchkaffee. Solange er nicht an den Alten dachte, war er vollkommen in Ordnung.

Als er sich bückte, um die Milch aus dem Küchenschrank zu nehmen, fand er drei H-Milch-Tüten, obwohl er wußte, daß nur noch eine dort stehen konnte. Er hatte letzte Nacht noch überlegt, wie er es anstellen sollte, Milch zu beschaffen, ohne auf die Straße zu müssen. Der Schnorrer ließ sich gewöhnlich für Lieferdienste mit Zigaretten bezahlen, nur war diese Lösung jetzt ausgeschlossen.

Daniel richtete sich langsam auf und hob die Arme. Zwei weniger eins machte eins, aber da diese grundlegende Logik ausgesetzt hatte, erwartete er instinktiv, erschossen zu werden.

«Na los», sagte er in die leere Küche in seinem Rücken. Aber die Kugel kam nicht. Er nahm die Arme wieder herunter und sah einen Vogel, der vor seinem Fenster abdrehte.

Vielleicht hatte er gestern nicht die vorletzte, sondern die viertletzte getrunken, und es hatte noch zwei weitere Milchtüten irgendwo im Schrank gegeben, die er übersehen hatte. Auf dem schmierigen Schrankboden zeichneten sich vier helle Quadrate ab. Zusammen mit den drei belegten Milchplätzen machte das sieben. Er kaufte immer exakt sieben Pakete H-Milch auf einmal. Vielleicht hatte er gestern und vorgestern gar keine Milch getrunken.

Andererseits trank er jeden Tag regelmäßig Milch, und so war es nur denkbar, daß er über dem Brief des Alten jegliches Gefühl für Regelmäßigkeiten verloren hatte. Mit beiden Händen strich er den Schrankinhalt auf den Küchenboden, Mehl, Basilikum, Steinguttöpfe mit Schmalz und selbstgemachte Marmelade, die Kathleen immer von ihren Eltern mitbrachte, ein bißchen verschimmeltes Brot. Das Haar fiel ihm in die Augen.

«Thanks for the murder, honey!» Er gab auf und ging in

den Flur. Im Flurspiegel lag ihm der Schweiß auf der Stirn. Er wußte, daß es immer Banalitäten wie H-Milch-Tüten waren, an denen man verrückt wurde, nie die großen Tragödien.

Auf dem Telefontisch lag Kathleens Haarband. Er sah es in den spiegelnden Kacheln, und im selben Moment roch er es. Es roch süßlich und nicht mehr nach Kathleen. Es war schon zu lange dem Teppichgeruch seiner Wohnung ausgesetzt gewesen und weckte jetzt nur noch die Erinnerung an den Geruch von Münzen auf Kathleens nackter Haut. Kathleen hortete Pfennige, um sie dann dem Kassierer bei Lidl auf dem geöffneten Handteller entgegenzuhalten. Jedesmal ließ sie sich die Pfennige in Zehn-Pfennig-Stücke wechseln. Der Kassierer war einer von den Rastamännern aus der bolivianischen Provinz, die bei Lidl den gesamten Kassenbereich übernommen hatten. Er hatte breite, trockene Hände. Kathleen ließ sich jeden Pfennig einzeln vom Handteller streichen, und beide wußten, daß sie es nur wegen der Berührung tat.

Vor einiger Zeit hatte sie sich ein Flatterhemd aus blauem Satin gekauft, in dem sie aussah, als wäre ihre Haut durchsichtig vor dem Himmel. Sie war damit zu ihm ins Bett gekommen, hatte sich über ihn gebeugt und ihm ins Ohr geflüstert «Für dich». Sie hatte eine seiner Hände genommen und die Hand geöffnet. Langsam tauchte sie ihre Zunge in die Zwischenräume seiner Finger, dorthin, wo die Finger in die Hand zusammenliefen, und ließ ihre Zunge über seine Knöchel hoch zu den Fingerkuppen gleiten. Die Haare fielen über ihre nackten Schultern nach vorn. Und als er sie so im Satin über seine offene Hand gebeugt sah und spürte, wie sie seinen Fingern die Innenseiten ihrer Lippen darbot, brach ihm der Schweiß aus. Er wußte nicht, ob er sich für sie schämte oder ob er sich schämte, weil er plötzlich festgestellt hatte, daß er sie liebte. Der Schweiß rann ihm die Schläfen hinunter ins Kopfkissen, und sie mußte denken, er weinte. Er nahm ihr die Hand weg und wollte ihre Haare zurückstreichen und ihren Kopf anheben, aber er schwitzte so stark, daß die Haare an seinen Händen hängenblieben, und seitdem war es immer das gleiche.

Daniel holte eine Schere aus der Küche. Er spannte das Haarband zwischen Daumen und Zeigefinger und setzte die Schere in der Mitte an. Aus eins weniger eins wurde zwei. Das beruhigte ihn. Er war schon verrückt.

Wenn der Alte um zwei Uhr am Ufer stand, war er nicht verrückt. Dann war er nur gefährdet, verrückt zu werden, dachte er. Was für Alternativen. Er brachte die Schere in die Küche zurück. Er zog seine Jacke vom Bügel, nahm Schal und Handschuhe, und als er unten im Treppenhaus angelangt war, öffnete er vorsichtig die schwere Haustür.

Es war früher November. Vom Fluß kam ein eisiger Wind. Die Paare, die im Sommer am Brückengeländer lehnten, waren verschwunden, die Bäume blank und zerfurcht.

Es war der vierte Tag nach dem Mord, und hier draußen stieg die Angst wie Quecksilber im Thermometer. Das gestutzte Gras, das sorgsam aufgehäufte Laub am Bordstein machten das Ufer jedem Ufer der Stadt gleich.

Trotzdem ging er über die Brücke wie nach einem Hurricane, der den Asphalt aufgebrochen hatte.

Der Blick nach unten war frei. Das Wasser stand still.

Im Gebüsch zupfte eine Ente am Gras.

Eine Frau mit einem Rad und Krautköpfen schwebte vorüber.

Erst als er drüben war, dachte er daran, daß jeder Mensch auf der Brücke sofort auffiel.

Die Cafés hatten noch geschlossen. Er setzte sich auf einen der Steintische im Vorgarten, und sein Herz trieb Hitze in die Hände. Es war fünf vor zwei, tags.

«Hey, Daniel!»

Er wäre über jede Stimme erschrocken, auch wenn diese kaum zu einem Alten paßte.

«Du bist vielleicht 'n Penner! Was'n los? Wieso meldeste dich denn nicht. Willste mich mit dem Referat sitzenlassen, oder was? Wir müssen mal langsam anfangen. Wir haben nur noch das Wochenende!» Ein Mädchengesicht guckte ihm über die Schulter.

«Anfangen?» Er sah vorsichtig über die Schulter zu ihr zurück, die Hände zwischen den Beinen. «Bist auch schon mal witziger draufgewesen.»

«Was'n daran witzig, wenn uns der Hilbert-Raum fehlt?»

«Na danke. Verarschen kann ich mich auch selber. Spinnt ihr jetzt eigentlich alle hier, oder was. Das ist doch längst gelaufen! Oder haste am Montag gepennt?»

«Hm. Na klar, längst gelaufen. Vielleicht im letzten Semester?»

Sie spricht wie gezähmt, dachte er, konzentrierte sich auf ihre Stimme und den dunklen Zopf und lachte sie an. Der Schreck drängte nach unten und in seine Boxershorts, dabei fand er sie viel zu korrekt zum Vögeln.

«Außerdem wart ich noch auf deine Avocado-Creme. Ohne die läuft nix, weißte doch!»

Marlies hat die beste Avocado-Creme gemacht, die ich je gegessen habe. Wir hatten nur viel zu selten die Gelegenheit dazu. Immer ging es um ihre Männer. Mal mußte sie sie aus Kneipen holen, bevor sie zu betrunken waren, um noch ins Bett zu kommen, mal ging sie scheuern, um das Geld, das sie ihnen geliehen hatte, zu ersetzen. Sie war nicht unglücklich. Sie brauchte das alles so, wie es war. Ihre einzige Angst bestand darin, sich zu langweilen. Dabei war nicht einer darunter, der ihr gewachsen war. Das hat sie nur erzählt, wenn sie einen verlassen hatte und wir mit einer Schüssel Avocado-Creme die Nacht verbrachten.

Über ihrem Holztisch quietschte die Lampe im Luftzug. Wenn sie sich zum Kühlschrank bückte, um eine neue Flasche Wein zu holen, rutschte ihr die Bluse hoch, und ich sah ihren schmalen Rücken; die geschlossene Blüte einer Amaryllis. Der Korken ploppte ihr viel zu laut heraus, und beim Hinsetzen hat sie dann jedesmal gefragt: «Wo waren wir?»

Ich höre noch ihre Stimme. Auch wenn ich ihr Gesicht nicht sehe. Es zerfällt, je öfter ich versuche, es mir vorzustellen. Aber ohne ihr Gesicht kann ich nicht schreiben, und dann versuche ich, mich an irgendeine ihrer ständig wechselnden Telefonnummern zu erinnern, an ihre schiefen Bewegungen, wenn sie die Tür aufgemacht hat, an unseren letzten Abend im Vienna.

Sie wollte gehen, aber sie hatte ihre Tasche vergessen und riß sie dann hastig vom Stuhl, mit weit aufgerissenen Augen, weil ich sie nicht gehen ließ. Ihre Augen sahen auf einmal riesig aus, als wären die Lider abgefallen. Das Weiß stand leuchtend vor, und als sie mich anschrie, färbten Äderchen den weißen Grund rot.

Oder sie wollte gar nicht gehen und hat nur darauf gewartet, daß jemand sie daran hindert. Ich weiß es nicht. Aber ich frage mich, ob ihre Stimme schon immer diesen scharfen Schliff hatte. Oder ob er sich erst nachträglich, durch meine Wiederholungen dieser Szene eingeschlichen hat.

Wenn mir lange nichts einfällt, ist es, wie auf einer Klippe zu gehen. Eigentlich kann man dort sicher gehen, nur im Kopf wird das nicht abgefedert, weil man auf Klippen nicht sicher geht.

Es kommt mir vor, als würde ich in die Vergangenheit hinein erzählen, als wäre, was noch kommt, schon dagewesen, weil es mit Marlies schon dagewesen ist.

Inzwischen ißt auch Daniel Avocado-Creme. Er macht sie mit Knoblauch und einem Schuß Zitrone an, und manchmal rutscht ihm die gelbe Plastikflasche aus der Hand, und dann schmeckt es nur noch nach Zitrone.

«Tut mir leid.» Daniel zuckte die Schultern. «Brauchte mal 'ne Auszeit.» Er ließ sich auf ihr Spielchen ein, was besser war als eine sinnlose Diskussion, die ihn nur unnötig ablenken würde. Über ihre Schulter hinweg suchte er das Ufer ab, an dem die Brücke, sein Haus und die Fahrräder aufgereiht waren wie Pappaufsteller mit knickbarem Fuß.

Den Alten sah er nicht.

«Auszeit», sagte das Mädchen grinsend, das keinerlei Ähnlichkeit mit Kathleen hatte. Sie war jünger und hatte ihre Zöpfe in unordentliche Schleifen gezwängt. Er hatte sie noch nie ohne die Zöpfe gesehen, wahrscheinlich schlief sie auch mit Zöpfen und benutzte wie seine Mutter eine Nakkenrolle, damit das Haar nicht kaputtging. Die Nackenrolle wurde in einen bestickten Baumwollbezug gesperrt und jede Woche gewaschen.

«O. k. Ich hab's verschlunzt», sagte er. «In Ordnung?» Er hangelte sich an ihrem Flechtwerk entlang zum Gesicht. «Und ich hab auch kein Bock mehr. Kriegst du das nicht ohne mich hin?»

Kathleen hätte er sich offenbart, ihr hätte er den Alten dargebracht wie ein Opfer, immer auf der Hut vor zuviel Übertreibung. Er hätte sie mit dem nötigen Ernst gewarnt, damit sie seinen Warnungen glaubte und zu ihm kam, solange es hell war. Aber während er darüber nachdachte, merkte er, daß er selbst das Opfer war. Seit Tagen ließ Kathleen ihn ausbluten. Nur wegen ihr mußte er hier so stehen, wund vor Angst. Kathleen mit ihrer Sorglosigkeit. Offenbar hatte sie kein einziges Mal in die Zeitung gesehen, sonst hätte sie sich längst gemeldet, trotz Dauerschicht im Copyshop. Dann hätte er ihr von dem Brief erzählen können, und die Sache wäre wahrscheinlich schon vom Tisch, denn einmal laut ausgesprochen, mußte seine Reaktion übertrieben und die Gefahr niedlich wirken.

Aber das Mädchen war nicht Kathleen.

Ihr Zöpfe klebten ihr wie Ausrufezeichen an den Schultern. Wenn er ihr das erzählt hätte, hätte sie ihn wahrscheinlich gemaßregelt.

«Beziehungsstreß?» Sie nahm einen Schritt Abstand und zog eine Augenbraue hoch. «Stimmt. Siehst 'n bißchen fertig aus.»

«Echt?»

«Schlecht rasiert. Blaß wie eine Leiche.» Sie drehte einen Zopf über den Zeigefinger und sah ihn an. «Was passiert?»

Sie sah ihn weiter an, und plötzlich wußte er, daß sie gleich nach dem Mord fragen würde, daß es selbstverständlich war, danach zu fragen, wo seine Wohnung direkt an der Brücke lag. Und obendrein würde sie es zum Anlaß nehmen, geschlechtsbedingte Rollenmuster zu diskutieren, deren Kerngedanken ihm theoretisch einleuchteten, nur in den entscheidenden Momenten sah er sich dann immer auf Zehenspitzen gehen.

«War 'n bißchen unruhig hier an der Brücke so in letzter Zeit, haste ja vielleicht gehört.»

«Unruhig?»

«Na ja. Hier ist jemand umgebracht worden. Hat sogar die taz interessiert.»

Sie sah ihn an, mit diesem kaltblitzenden Lächeln, wobei sich ihre Wimpern ineinander verzahnten, und die Präzision, mit der sie zwei Schnittstellen bildeten, erregte ihn.

«Echt? Ist ja grauenhaft. Hab ich nix von gehört. Und was ist jetzt mit dem Referat?»

«Ich dachte, ich müßte vielleicht ... »

«Du hast aufgehört zu rauchen», schrie sie plötzlich und ließ ihre Zöpfe über die Schultern zurückschnippen. «Stimmt's? Echt, der Typ hat aufgehört zu rauchen und tut, als wär's top secret!»

«Was?»

«Mann, du bist ja vielleicht drauf! Erzählst, du hockst still in deinem Zimmerlein, dabei hast du die Weltformel gefunden. Geil. Ich wußte es. Ich hab's gespürt. Irgendwas ist mit dir. Irgendwas stimmt nicht. Du rauchst nicht mehr!»

Es war ihr Triumph des Tages. Als sie wieder nach den Zöpfen schnappte, roch er schnell an seinen Fingern. Da war nur Toast von heute morgen und Duschdas. Er mußte tatsächlich lange nicht geraucht haben. Er hatte so lange nicht geraucht, daß er schon ganz nervös war. Es war also nicht wegen des Alten. Wegen des Alten hatte er nur vergessen, sich eine zu drehen, vielleicht sogar stundenlang, und die Angst war die physiologisch erklärbare Konsequenz des Nikotinentzugs.

Er sah erstaunt auf ihre Zöpfe. Und plötzlich fiel ihm auch der endliche Körper mit zwei Elementen wieder ein. Ihm fiel ein, daß darin eins weniger eins gleich zwei war, weil zwei gleich null war. Und eins war gleich drei. Denn: Jeder endliche Körper war vollkommen. Das beruhigte ihn. Er war nicht verrückt. Das war der bestechend klare Satz, mit dem sich das H-Milch-Phänomen doch vernünftig erklären ließ. Eins weniger eins gleich zwei, da zwei gleich null und eins gleich drei.

Daniel hätte sie jetzt gern dafür umarmt und geküßt und mit ihr ein Stück das Ufer entlanggehen wollen. Aber ihre Haare waren hell, während Kathleens Kopf nur, wenn die Sonne ihn traf, in Flammen stand. Wenn ihre Haare naß waren, hingen sie schwer und fast schwarz an ihren Schultern herab. Er grinste, wie er dachte, gelassen und blieb auf dem Steintisch sitzen.

Als sie gegangen war, fummelte er nach dem Tabak in der Jackentasche, wobei er sie sich nackt auf einer Parkbank und mit ganz kurzen Haaren vorstellte. Ein besserer Dank fiel ihm nicht ein.

Auch bei der Polizei haben sie keine Ahnung. Ich war heute dort. Sie sind nicht gerade aufgeschlossen. Sie halten ihre Kaffeepausen ein wie Viva die Werbung, und wenn man ihnen helfen will, dann verweisen sie darauf, daß man zur Schilderung des Sachverhalts fünf Zeilen hat und bitte in Druckbuchstaben.

Als ich ihnen das Formular ausgefüllt zurückgab, haben sie nur die Schultern gezuckt.

«Es ist doch nicht möglich, daß ein Mensch einfach verschwinden kann und es niemanden geben soll, der nach ihm sucht!» habe ich gesagt.

«Wieso glauben Sie eigentlich, daß sie tot ist?» haben sie gefragt. «Wir haben dafür keinerlei Hinweise.»

«Ich weiß es eben.»

«Prima.» Aber statt sich dafür zu interessieren, haben sie an ihren Oberlippenbärten gezuppelt und sich nachlässig zurückgelehnt. «Wissen Sie, wir sind hier nicht Pontius Pilatus. Wenn Sie eine Anzeige erstatten wollen, müssen Sie schon was Genaueres haben. Und was haben Sie? Einen läppischen Streit hinter einer geschlossenen Wohnungstür. Na prima. Wenn wir über jeden Streit eine Akte mit Mordverdacht anlegen wollten, könnten wir gleich ganz Berlin verknacken. Hab ich persönlich ja nix dagegen, aber mein Boß ist leider ein Linker.»

«Prima», hab ich gesagt, «aber woher wissen Sie denn, daß der Streit läppisch war?» Es hatte keinen Sinn. Es ist eben wie immer in diesem Land: die Verbrecher entkommen durch die Luftmaschen in der Demokratie. Wenn Marlies das hören könnte, würde sie protestieren. Sie hat sich immer fest an den demokratischen Gedanken geklammert. «Ich hab eben einen Mauerschaden», hat sie das genannt, «und du nicht.»

Jetzt sieht man, was sie davon hat. Ich hätte Stillmanns Großvater gern die Monarchie proklamieren lassen, das hätte auch sein Problem mit der Sprache gelöst, aber da ist Marlies ausfallend geworden. Wir wollten zum Verbrecherball ins Haus der Sinne. Sie hatte sich schon umgezogen und schwarze Strumpfhosen mit roten Piratenköpfen darauf an, irgendein Mann war gerade in Paris gewesen, und ich hatte mir für diesen Abend geschworen, nicht wieder davon anzufangen. Aber es ging nicht. Ich legte eine Hand in den Ausschnitt, der ihren Rücken unverschämt weiß leuchten ließ, und scherzte, in meinem Königreich wäre sie die Queen.

«Du Arsch», sagte sie ganz ruhig, ohne sich umzudrehen, und nahm ihren Mantel vom Türgriff. «Du weißt doch genau, daß mich hierarchische Denkstrukturen ankotzen. Monarchie, Patriarchat, das Fernsehen, Katholizismus, Diktatur, Bürokratie, falsch verstandener Kommunismus. Ich erklär dir das jetzt nicht noch mal. Das wäre nur Wasser auf deine Mühlen.» Sie zeigte auf das Aluminiumschild, das links an der Wand neben ihrer Wohnungstür hing und ohnehin nicht zu übersehen war. «Wuy wyuesschajete is amerikanskowo Sektora» stand da schwarz auf weiß. Das Prinzip Freiheit, sagte sie, als wir das Treppenhaus betraten, darauf käme es eben an, auch wenn es nur in geschlossenen Räumen denkbar wäre.

Rosen traten aus ihrem T-Shirt unter dem Mantel hervor. Ich mußte hinsehen und wurde rot, weil die beiden Rosen so geschickt plaziert waren, daß Marlies' Brüste sie anschwellen ließen. Ich hätte ihr das T-Shirt gern straffgezogen und die Rosen an eine diskretere Stelle gerückt.

Aber ich war immer zu langsam. Ich möchte auch jetzt noch glauben, daß Marlies lebt. Mich quält der Gedanke, daß ich auf sie noch gewartet habe, als es sie schon nicht mehr gegeben hat.

Ich warte auf ihren Anruf, ich warte darauf, daß sie unten steht und klingelt, ihre Stimme läuft noch über den Anrufbeantworter, während sie doch schon tot ist. Und trotzdem ist sie deswegen nicht weniger real. Denn ich höre sie ja noch mit ihrer westlichen Propaganda, den Sozialhilfeanträgen, ihren Wünsch-dir-was-Anrufen, die eigentlich kaum verhüllte Ich-brauch-dich-heut-abend-Anrufe waren, höre sie mit ihren logistischen Neuigkeiten und den fetzigen Sonderposten bei Humana, Darling; ihre ganze Wortwahl ist auswendig noch in mir da, obwohl sie keine Worte mehr hat.

Dabei müßte doch alles still werden und weder dunkel noch dann wieder hell, wenn die Zeit aus der Schiene gesprungen ist.

Wenn es endlich siebzehn Uhr ist, werde ich nervös, aufgeregt, bin angespannt und vorfreudig. Auch jetzt noch. Denn am liebsten hat Marlies nachmittags angerufen, zwischen fünf und sechs, bevor sie losgegangen ist in die Nacht. Dann hat sie mir ihre neuesten Geschichten erzählt, und ich hab sie selten unterbrochen, und wenn ich Glück hatte, hat sie gefragt, willst du nicht mitkommen heute zum Verbrecherball.

Es wäre besser gewesen, sich vorher schon mal vorgestellt zu haben, wie es wäre, wenn sie tot ist. Dann könnte ich mich jetzt der Illusion hingeben, das Rohe der Wirklichkeit gäbe es nur in meiner Vorstellung.

Am Morgen machte der Schnee die Bäume zu Bräuten. Die Sonne war klar und kalt, und weil Daniel über Nacht das Fenster offengelassen hatte, war seine Bettdecke an der Oberseite gefroren. Er schloß das Fenster und ließ sich Zeit beim Anziehen, beim Rasieren und dem Brot in der Küche. Er hatte gut geschlafen, traumlos und ohne zwischendurch aufs Klo zu müssen. Er hatte es nicht eilig. Er machte sich Toast, was er gewöhnlich nur sonntags tat, und Milchkaffee mit einer riesigen, schönen Schaumhaube. Dann nahm er die Reisetasche aus dem obersten Schrankfach, packte für drei, vier Tage und fuhr los. Er wollte Kathleen mitnehmen, und er wußte, an so einem Morgen würde es ihm leichtfallen, sie zu überreden.

Als er mit seiner Tasche zur U-Bahn ging und am Zeitungsladen vorbeikam, war das Gerüst vor dem Haus verschwunden. Es war komplett abgebaut, aber, wie es schien, nicht, weil der Auftrag gekündigt worden war, sondern aus reiner Zeitschinderei, dachte Daniel. Die Handwerker verschraubten die unteren Stangen gerade wieder neu, während weitere Stangen und Bretter von einem LKW abgeladen wurden. Er drückte seine Zigarette aus und plazierte die Kippe auf dem Rand einer halboffenen Brotbüchse, die neben den Brettern lag; ein kleiner Kommentar zu den Unzulänglichkeiten des Daseins.

Im Copyshop in der Adalbertstraße klebten zwei Türken eine Speisekarte. Der Papierschneider fraß knirschend die Ränder. Nachdem Daniel die altmodische Fahrradklingel rechts an der Wand betätigt hatte, tauchte ein Langzeitstudent im Ringel-T-Shirt aus dem Hinterzimmer auf, wo die Kopiermaschinen ununterbrochen Papier durchzogen.

«Nimm die acht.»

«Eigentlich wollte ich zu Kathleen.»

«Fehlanzeige.» Der Student war mindestens vierzig, dachte Daniel, klug genug, die Welt zu verbessern, indem er sich ihr mit einem endlosen Sozialpädagogikstudium entzog.

«Die hatte keen Bock mehr», sagte der Student in das Rattern der Kopierer.

«Wie, ich denk, ihr habt Personalmangel.»

«Jetzt schon. Aber dit mußte dir erst mal reinziehen! Da kam die immer hier an, von oben bis unten in Secondhand-Klamotte, voll den fetten Klopper unterm Arm, bestimmt fünfhundert Seiten ...»

«Wer, Kathleen?»

«Nee, so 'n Mädel! Pony wie Mireille Matthieu. Fünfhundert Seiten wollte die immer zehnmal auf dünnes blaues Papier kopiert haben. Dauernd kam die hier an. Und immer dit selbe! Und Kathleen, die Kleene, hatte irgendwann halt die Schnauze voll. Vor allem als sie gerafft hat, daß die dit allet ins Wasser schmeißt. Ick meine, klar, wofür machst'n dir dann noch.»

«Aber wieso ...»

«Frag mich nicht. Durchgeknallt. Aber *total.* Vor allem ooch noch allet selbst geschrieben! Hat die Kleene gesagt. Die muß echt voll den Depri gehabt haben.»

«Wer, Kathleen?»

«Nee, die mit der Secondhand-Klamotte! Echt schlimm,

was Endogenes, schätz ick mal. Stell dir mal vor, du schreibst wie 'ne Wahnsinnige – fünfhundert Seiten sind ja jetzt ooch keen *Poem* –, und dann ab damit über'n Jordan?! Ick weeß ja so 'n bißchen, wovon ick spreche.» Er nahm einen Stapel Klarsichthüllen und ließ sie durch seine Finger schnicken. «Ick schreibe ja ooch so 'n bißchen. Und wenn die Verlage dit dann nicht wollen, da wird man schon fahrig. Ooch wenn klar ist, daß die dit Künstlerische daran jar nicht interessiert, nur der Marktwert. Frustriert natürlich trotzdem. Und wenn de sowieso schon gefährdet bist ...» Mit einem sauberen Wurf landeten die Hüllen in einer Kiste. «Und ick meine *die*, die war jetzt echt komisch drauf, schon diese Röckchen in Kindergröße, die die immer anhatte.»

«Ach, und Kathleen schmeißt gleich alles hin?»

«Na hat se ja nicht. Zu mir hat se gesagt, sie kommt erst wieder, wenn ick diese Irre abserviert habe. Dit war circa vor 'ner Woche, und inzwischen hab ick sie abserviert, und ooch gründlich, aber keene Ahnung, wann die Kleene hier wiederauftaucht. Soll ick ihr wat ausrichten?»

«Nee, nee, schon gut. Oder halt, doch. Sag ihr, sie ist eine unzuverlässige Zicke», sagte Daniel wütend. «Ach ja, und sag ihr, ich würde verreisen.»

«Zicke würd ick da aber nicht sagen.» Der Student sah Daniel aus seinem Haargewölbe heraus an. «Zicke ist out. Ick meine, wenn du bei Tiermetaphern bleiben willst, mach lieber Sumpfralle draus. Sumpfrallen sind zeitloser. Ooch, wenn die Kleene dit eigentlich nich verdient hat.»

«Meinetwegen», sagte Daniel. Es war ihm inzwischen

peinlich. «Mach eine hübsch gepiercte Sumpfralle draus.» An der Decke über ihm kreiste ein Ventilator.

«Hübsch indifferent gepierct», sagte der Student.

«Indifferent. Genau. Danke.»

Die Ladenglocke spielte *You are the sunshine of my life*, als Daniel wieder zurück in den Wintertag trat. Eine Rikscha mit Touristen fuhr über den Kottbusser Damm. Eine Frau winkte ihm zu, und Daniel fühlte sich der Situation nicht mehr gewachsen.

Am Treptower Park nahm er die S-Bahn und fuhr zum Ostbahnhof. Er stand nah an der Tür und sah hinter den verdreckten Glasscheiben Neukölln verschwinden. Die Spree tauchte seitlich unter ihm auf, die Oberbaumbrücke in der Ferne, und als er die Spree nicht mehr sehen konnte, lehnte er sich für den Rest der Fahrt an die Holzwand, die den Türbereich von den Sitzreihen trennte, und konzentrierte sich auf das Rütteln der Bahn. Es schneite wieder. Keines der Gesichter in den Scheiben erinnerte ihn an Kathleen.

Statt dessen sah er eine Frau mit einer Beuge Papier im Arm, von der sie Blätter nacheinander ins Wasser warf. Sie segelten in leuchtendblauen Bahnen über die Brüstung und schaukelten noch eine Weile flußabwärts, bevor sie langsam in die Farbe des Wassers eingingen und unsichtbar wurden.

Er wollte nicht weinen, aber er hatte auch nichts, um sich abzulenken. Nur der Schnee trieb vorm Fenster, die schwimmende Kälte der Stadt. Und deshalb baute er das Bild weiter aus: die Frau im Copyshop, von der der Student erzählt hatte, ähnelte der Frau im Vienna, sie trug dieselben kurzen, billigen Röcke, obwohl Winter war, und plötzlich kannte er ihre ganze Geschichte.

Sie raste ihm mit den üblichen dreihunderttausend Kilometern in der Sekunde durch den Kopf, während er in einer darunterliegenden langsamen, menschlichen Geschwindigkeit begriff, daß Kathleen ihn verlassen hatte.

Dann sah er wieder hinaus. Und erst jetzt, im Moment des Abschieds, merkte er, wie sehr Kathleen zu einer Welt für ihn geworden war, die er auch in n-ter Dimension nicht beschreiben konnte. In dieser Welt ging man sonntags in ein Café, kaufte die Zeitung bei dem fliegenden Händler, der jedesmal mit einer Arie an die Tische kam, als übte er für die Abendvorstellung in der Oper, man schenkte Kathleen einen Lutscher, wenn sie bettelte wie ein Kind, man hielt ihr Gesicht und fand, es war von einer brillanten Schönheit, so daß man am Ende in Tränen aufgelöst vor dem Spiegel stand und vor Aufregung schon wieder pinkeln mußte.

Am Ostbahnhof dachte er, er hätte sich verfahren. Als er ausstieg, blitzten grelle Streifen im Bahnsteigboden auf, vor denen er zurückzuckte. Die Papierkörbe mit gelben, roten und grünen Deckeln wie Ampeln, die auf Rot schalteten, wenn er vorbeiging, irritierten ihn. Licht flutete durch riesige Fenster herunter und gab jedem Gegenstand deutliche Kontur. Er fühlte sich ausgestellt, als zeigte ein Scheinwerfer direkt auf ihn, und unwillkürlich zog er den Kopf ein. Der Bahnhof sah jetzt ordentlicher aus, und Daniel vermißte den dumpfen Ton, der früher in der Halle und über den Gleisen gelegen hatte. Er stellte seine Tasche neben sich auf die Rolltreppe und achtete darauf, daß das Leder beim Herunterfahren nicht an der Wand entlangschleifte. Der Zugangstunnel zu den Bahnsteigen war erweitert worden, und überall an den Wänden hingen Neonstrahler. Er schlitterte mit seiner Tasche über den Steinboden, unsicher, ob er nicht in die falsche Richtung ging.

In der Halle setzte er sich auf eine Bank gegenüber der Anzeigetafel. Er beobachtete, wie der Interregio, der in zwanzig Minuten nach Magdeburg ging, nach oben aufrückte. In Magdeburg hatte er direkten Anschluß nach Halberstadt, würde dann in die Regionalbahn nach Quedlinburg umsteigen und von Quedlinburg aus den Bus nehmen. Der Harz war weit genug von allem weg und würde ihn aufnehmen und verwaisen lassen wie als Kind. Er würde hoch oben auf der Roßtrappe stehen und über das Land sehen, bis die Finger in den Handschuhen steif wurden vor Kälte und der Schmerz alles andere zunichte machte und ihn zentrierte, ein Zustand, der eine unklare, fast dümmliche Heiterkeit zurückließ. Hinterher würde er vielleicht einen Nordhäuser Doppelkorn unten im Gasthof trinken, der im Sommer von Busreisenden überschwemmt war und in den sich im Winter nur Skifahrer und Waldarbeiter verirrten. Früher war er mit seinen Eltern in den Harz gefahren, und er kannte die Gebirgsstraßen wie das Innere von Kathleens Mund.

Der Interregio klackerte auf der Anzeigetafel durch auf den obersten Platz. Als Daniel aufstand, sah er noch einmal zur Eingangstür, in den vertrauten Berliner Nachmittag, zu den Menschenmassen an den Fahrkartenschaltern, und mitten darunter entdeckte er den Alten.

Der Alte stand da.

Sein rechter Fuß war eingeknickt, als hätte er mitten im Schritt innegehalten. Er stand direkt neben der Glastür, ein Basecap auf dem Kopf. Das Basecap war grün gemustert und trug eine Aufschrift. «Motherfucker», dachte Daniel. «Motherfucker!» Das Wort zerfetzte die Ruhe, es sprengte die Stille, die sonst auf dem Berggipfel lag, tobte ihm durch den Kopf, Motherfucker, bis er sich wieder in der Gewalt hatte und sich bückte und, ohne sich besonders zu beeilen, nach der Tasche greifen konnte.

Mit der Rolltreppe fuhr er zurück auf den Bahnsteig. Er trat vorsichtig über den gezackten Rand, unter dem die Treppe verschwand, und ging in normalem Tempo noch vier Schritte auf dem Bahnsteig entlang. Dort blieb er stehen. Hinter ihm summte eine S-Bahn.

Er kam sich vor wie eine Comic-Figur, die nur in der Luft laufen konnte, solange sie nicht bemerkte, daß unter ihr nichts war.

Der Harz geriet außer Sichtweite, er verschwand in der hohen, gedämpften Bahnhofshalle, irgendwo zwischen dem Einfahren eines Zuges und des nächsten. Aber er selbst blieb zurück in diesem Bahnhof, als wäre er in ein Gefäß mit sehr hoher Dichte geraten, in dem sich sein gesamtes Leben konzentrierte, und am Ende des Tages würde es dieses Gefäß auseinandersprengen, in tausend Einzelteile, die sich immer weiter voneinander entfernten.

Kathleen, dachte er und verabscheute den Tonfall, in dem er sich das denken hörte, Kathleen hätte ihn mit ihrer schallenden Mädchenstimme jetzt ausgelacht. Sie hätte ihn an der Hand genommen, mit dem Daumen seinen Handrücken gestreichelt, in langsamen, regelmäßigen Strichen, und vielleicht hätte sie gesagt: «Guck mal, Dani, zwischen uns und dem Universum ist noch jede Menge Luft!»

Er sah zum Aufgang des Bahnsteigs hinüber, und jeder Mensch, der die Treppe hochkam, war der Alte. Sein eingeknickter Fuß, der Mantel und das Basecap gegen die Kälte waren lächerlich, eine Gestalt ohne Hintergrund, ohne Koordinaten, eine falsche Berechnung, ein Aufeinandertreffen zweier Tatsachen ohne Begründbarkeit und Beziehung.

Und doch konnte man nicht in der Luft laufen.

Er fror, als endlich die nächste S-Bahn einfuhr. Zweimal mußte er noch umsteigen. Das Polizeigebäude lag in der Sonnenallee. Es war nur mit dem Bus zu erreichen, und Daniel war noch nie bei der Kriminalpolizei gewesen. Aber der Alte ließ ihm keine Wahl.

Marlies hat immer darauf bestanden, sie selbst zu sein. Ich wußte nie genau, was das hieß. Sie hat mir irgendein Parteiabzeichen unter die Nase gehalten oder einen alten, verschrammelten FDJ-Ausweis und gesagt: «Das Gegenteil von dem da, Darling.» Und ich habe geschwiegen.

Aber als ich aus Schweden zurückkam, war sie in ein kleines mickriges Erdgeschoß gezogen, wo nachts der Wind durch die undichten Fenster pfiff und der Küchenboden schimmelte. Ich hab sie dort besucht und ihr erzählt, daß der Alte unbedingt ein ostdeutscher Marinesoldat sein müßte, daß das gar kein so falscher Gedanke war. Es war mein letzter Versuch. Mein größtes Zugeständnis. Ich wollte nicht, daß von unserem Krimi nur ein paar zerstochene Bierdeckel übrigblieben.

Sie öffnete die Tür in einem T-Shirt, das ihr knapp über die Hüfte ging, winkte mich herein und kuschelte sich wieder unter die Decke. «Wie früh ist es?»

Sie schlief auf einer durchgelegenen Matratze auf dem Boden, sie hatte keine Möbel. Auch ein Bett besaß sie nur, wenn ihre Männer eins besaßen.

«Mittag», sagte ich. Draußen schien die Sonne, und ich war dabei, dem Alten eine ordentliche Vergangenheit zu verpassen, die Marlies freuen mußte, weil sie ihrer Herkunft entsprach.

Ich habe damals wirklich noch geglaubt, das könnte sie reizen.

«Grauenhaft hier, oder?» sagte Marlies. «Ist aber nur vorübergehend. So lange, bis ich diese blöde Geschichte hinter mir hab.»

«Was'n jetzt schon wieder?»

«Wenn die Typen meinen, sie hätten ein Recht auf dich», sagte Marlies und warf sich zu mir herum, «dann gibt's das ganze Programm. Monsieur hat herausgefunden, wo ich jetzt wohne, und als ich ihm die Tür vor der Nase zugemacht habe, ist er in meinen Keller eingebrochen. Jetzt haust er da unten zwischen leeren Weinflaschen und meinen Abfahrtsski.» Seitdem traute sie sich nicht mehr in den Keller, wo nur dummerweise auch ihr Fahrrad stand.

«Wie findest du das?»

«Der hat doch ’n Ding an der Glocke», sagte ich.

«Nein, die Wohnung!» stöhnte sie auf und zeigte auf die gelbgestrichenen Wände. «Alles selbst gemacht.»

Ich wartete darauf, endlich anfangen zu können, und sagte mechanisch: «Wie im Inneren einer Zitrone.»

«Aber das beste ist: sie gehört mir. Und bis das Haus hier abgerissen werden soll, ist wieder Frühling.»

«Toll.» Ich zog mir den Campingklappstuhl heran und setzte mich neben sie an den Rand der Matratze. «Wenn du jetzt also eine eigene Wohnung hast, dann hast du ja vielleicht auch wieder mehr Zeit und ... Also, weißt du, ich muß doch noch mal darauf zurückkommen.»

Sie starrte mich an.

«Also das mit dem Krimi, das mit dem Alten, meine ich – nein, jetzt hör mir doch erst mal zu!»

«Neeneenee», hatte sie schon dazwischengerufen und wackelte mit dem Zeigefinger. «Ich dachte, das hätten wir hinter uns. Fang also gar nicht erst wieder damit an. Ich hab echt grad genug am Hals.»

«Da wärst du aber mehr du selbst als bei einem deiner Männer», rief ich zurück. Ich wußte, das zog.

Aber Marlies lachte nur und warf mir einen Handkuß zu. «Bei denen hab ich aber die Hoffnung noch nicht aufgegeben. Das ist der Unterschied, Darling.»

Sie hat mich ausgelacht. Ich hab es an ihren Mundwinkeln gesehen, auch wenn das Lachen ganz freundschaftlich klang. Aber in Situationen, wo sie mich Darling nannte, hat sie mich immer ausgelacht. Vielleicht dachte sie, daß ich zu lange da oben in Schweden gewesen und weltfremd geworden war, daß ich zu lange in rotgebeizten Hütten gehaust und jetzt von diesen Dingen keine Ahnung mehr hatte.

Aber da hatte sie sich getäuscht. Sie hat überhaupt nie begriffen, was sie aus mir gemacht hat. Wenn ich wegging von ihr, war mir oft schlecht. Ich fuhr auf meinem Rad durch die Straßen, kippte unterwegs Mülleimer um, berauscht von der Eintönigkeit, in der sie hinter mir auf den Asphalt knallten und dann all das alte, abgegriffene, ausgelaugte, entleerte, das zerschredderte, zerfetzte, zerdengelte, das nutzlos übriggebliebene, unbrauchbare, das ganze über Bord gegangene, zerstörte Material vergangener Reize in der gesamten Stadt auf die gleiche Weise auf den Gehweg rutschte. Oder ich fuhr nur so, das Gesicht in die Nacht gelegt, bis mir ein Fußgänger vors Vorderrad lief und ich ihn gerade fest genug streifte, daß es ihn umwarf, ich jedoch nicht mal strauchelte. Es dauerte Stunden, bis ich wieder zu mir kam. Wenn es gutging, bin ich nur müde geworden, aber vielleicht ging es eines Tages nicht mehr gut. Spätestens an unserem letzten Abend wird ihr das wohl klar gewesen sein.

«Was für ein erbärmliches Leben», sagte ich abschließend, vage genug, daß alles gemeint sein konnte; der schimmelnde Boden, ich, diese Männer, und stand auf, während sie noch liegenblieb, bis der Kaffee fertig war. Als ich die

Küchentür öffnete, polterten zwei leere Flaschen zu Boden, der Herd war versifft.

Später legte sie Tori Amos auf und ließ sie den ganzen Nachmittag in der Endlosschleife laufen. Es war die CD, wo Tori Amos mit offenem Haar und einem Luftgewehr auf den Knien auf dem Cover sitzt. «Und wenn er jetzt klingelt», hat Marlies zwischendurch gesagt, «dann knall ich ihn ab!»

Es hat nicht geklingelt. Vielleicht war der Typ auch gar nicht mehr in ihrem Keller. Vielleicht war er nie in ihrem Keller gewesen.

«Denkst du, ich spinn mir das aus, nur weil du nicht aufhören kannst, an diesen blöden Krimi zu denken? Dann bist du nicht besser als diese Richter, die vergewaltigte Frauen erst mal nach der Rocklänge fragen!»

Ich weiß nicht. Ich wünschte, ich hätte mich getraut, mal in den Keller zu gehen.

Wir saßen dann wieder bis nachts in ihrer Küche, und es war fast wie immer. Ich hätte mich nicht gewundert, wenn sie aufgestanden wäre und angefangen hätte zu dozieren: Sie wandert durch die Küche, vergißt, das Glas zu nehmen, und trinkt gleich aus der Flasche. Zwischendurch bleibt sie abrupt stehen, wirft einen Finger in die Luft und sagt:

«Quatsch! Nein! Alles falsch, alles falsch. Der Alte ist doch kein Matrose, Mensch, der ist Kapitänleutnant, und zwar auf der Hirondelle. Kennst du nicht? Klingt aber gut, oder?» Sie guckt mich an, und ihr Pony hängt wie mit dem Lineal gezogen da.

Aber in dieser Nacht hat sie das Kinn in die Hand gestützt. Sie hat mich mit ihren blauen, überreizten Augen angesehen und sehr ernst und wie unter tragischer Filmmusik gesagt: «Du hast überhaupt keinen Grund, auf diese Männer eifersüchtig zu sein.»

«Hab ich das behauptet?»

«Nein», sagte sie. «Hast du nicht. Aber weißt du, warum ich sie alle verlasse?» Ich war ziemlich sicher, es zu wissen. Trotzdem schüttelte ich den Kopf.

«Sie zwingen mich, dauernd etwas nachzumachen», sagte sie. «Deshalb. Und weißt du, warum wir hier sitzen? Warum ich dich so oft hier haben will? Weil ich eine Hure bin und du nicht.»

Vielleicht fing es da schon an, mir mit ihr nicht mehr zu gefallen.

«Quatsch!»

«Doch. Widersprich mir nicht. Das ist die Wahrheit.» Sie war betrunken. Jedenfalls war sie ernst, und das hieß, daß sie betrunken war. Sie war betrunken, damit sie nicht an diesen Typen in ihrem Keller denken mußte. Und ihre Ernsthaftigkeit hat sie schon immer umgehauen. Sie war fasziniert davon. Sie wurde high wie andere vom ersten Koks. Aber ich wollte sie so nicht. Ich mochte sie lieber, wenn sie selbstvergessen war und nicht so sentimental.

Sie hat mir ihre Hand auf den Mund gelegt und mir ins Gesicht geflüstert:

«Hör mir jetzt zu! Wer weiß, ob dir das noch mal einer sagt. Und ich will, daß du es hörst, kapiert? Also: du hast ein Lächeln, mit dem du Illusionen weckst, verstehst du? Das ist was anderes als Hunger. Für den Hunger bist du nicht zuständig. Du zwingst nämlich niemanden, etwas nachzumachen. Auch mich nicht. Du provozierst Sehnsucht, aber nicht Sehnsucht nach dir. Und das ist die wahre Sehnsucht, verstehst du. Die beste. Das kannst nur du!»

Ihre Hände sahen gefroren aus. Die Finger waren blau bis an die Kuppen. Das kam vom niedrigen Blutdruck, sie trank zu viel und sie rauchte zu viel, und ich war in beidem nicht besonders gut. Vielleicht kam sie deshalb auf solche Gedanken.

Ich hätte es lieber gehabt, sie hätte mich ein einziges Mal gefragt, ob ich über Nacht dableiben will, neben ihr, in ihrem Bett. Draußen schlug der Regen auf die Mülltonnendeckel im Hof. Es hat die ganze Nacht geregnet, und zum ersten Mal hat mich dieses Geräusch aggressiv gemacht. Ich bin aufgestanden und habe noch gehört, wie der Stuhl umgefallen ist, bevor ich im Treppenhaus war.

In solchen Momenten muß ich aufpassen.

Das Polizeigebäude war die klobige Fälschung eines klassizistischen Baus. Die Flurlampen warfen ein Licht, das den Kopf in tiefen Schatten auf die Wände drückte. Daniel blieb vor der Orientierungstafel stehen. Seine Hände schwitzten, und als er die Handschuhe ausgezogen hatte, klebten ihm die Fussel des Innenfutters zwischen den Fingern. Er folgte den Pfeilen und Zimmernummern hinauf in den zweiten Stock und klopfte an eine gesprungene Glastür.

«Ja?»

Daniel blieb an der Tür stehen. Die Geschwindigkeit, die die ganze Zeit durch seinen Körper gezogen war, versiegte. «Ich soll mich melden, wenn mir was einfällt. Hat Ihre Kollegin gesagt. Ich bin Daniel Stillmann. Es ist wichtig. Es geht um die Sache an der Admiralsbrücke.» Der Beamte kam hinter einem großen Papyrusbusch hervor.

«Hm. Thomas!» rief er in ein angrenzendes Zimmer hinüber und stellte eine Gießkanne in den Schrank zurück. «Weißt du was von einer Sache an der ... Admiralsbrücke?»

«In der Nacht von Sonntag zu Montag», sagte Daniel. «Dienstag stand es in der taz.»

«Admiralsbrücke?» rief jemand zurück. «Ich les Tagesspiegel. Was war denn da?»

«Sonntag nacht», rief der Beamte. «Aber setzen Sie sich doch erst mal.»

«Da besteht Mordverdacht!» Daniel blieb stehen.

«Stillmann, sagten Sie? Hm. Sagt mir erst mal nichts.»

«Mord?» rief es von der anderen Seite. «Hatten wir nicht. Mord*versuch* hatten wir. Vor anderthalb Wochen. Aber an keiner Admiralsbrücke.»

Windschutzscheibenfetischisten, dachte Daniel und sagte: «Sonntag nacht. Eine Kollegin von Ihnen war bei mir. Eine mit Pigmentschwäche.»

«Na prima.» Der Beamte schloß eine Schublade auf und nahm Zettel, Stift und eine Fernbedienung heraus. «Warum setzen Sie sich nicht hin? Sie machen mich ganz wahnsinnig mit Ihrer, ähm, Hampelei.»

«Sie sind doch Kriminalkommissariat Schwerbeck, oder?» sagte Daniel vorsichtig und bemerkte, daß er mit den Händen auf den Türrahmen trommelte, und nahm die Hände weg. «Sie müssen doch wissen ... Wo Sie den Fall bearbeiten, meine ich ... »

«Jaja, das kriegen wir schon raus. Stuhl?» Daniel setzte sich. An der Decke klebten weiße Schalldämmplatten.

«Ich werde verfolgt», sagte er, was auch für ihn überraschend klang, fast wie eine Neuigkeit.

«Ach ja?» Der Kopf des Beamten kippte langsam auf die rechte Schulter.

«Ja. Seit dieser Nacht. Klingt komisch, ich weiß. Deshalb bin ich nicht sofort zu Ihnen gekommen. Ich wollte erst sicher sein.»

«Wissen Sie, wie man das nennt?» sagte der Beamte, den Kopf immer noch auf der Schulter. «Beihilfe. Begünstigung! Nichtanzeige geplanter Straftaten, Paragraph 138, ähm, Strafgesetzbuch. Bringt Ihnen fünf Jahre im schlimmsten Fall. – Ich will Ihnen keine Angst machen. Aber reden wir Klartext.»

«Deshalb bin ich ja hier. Ich wohne an der Brücke, wo es passiert ist. Seitdem ist jemand hinter mir her. Und das hängt vielleicht mit dem Mord zusammen.»

«Mal der Reihe nach», sagte der Beamte.

«Mach ich doch! Es war am Sonntag, gegen elf, stürmisch, wenn Sie sich erinnern, ein richtiges Unwetter, man hat deswegen auch nicht gut gesehen. Ich meine, es wäre schwer, ein Phantombild anzufertigen oder so. Von dieser

Person, die mich verfolgt. Vielleicht kann ich Ihnen auch gar nicht weiterhelfen, aber könnte ja sein, daß ich nicht der einzige bin, der was gesehen hat. Jemand in diesem Café könnte auch was gesehen haben. Zum Beispiel die Frau, die da immer sitzt. Vielleicht hat sie um elf auch noch da gesessen ...»

«Kennen Sie sie?»

«Keine Ahnung, also nein. Ich habe sie einfach schon oft da sitzen sehen.»

«Wo ist das genau?»

«Im Café Vienna. Direkt neben der Brücke. Sie sitzt da immer.»

«Wissen Sie, wie sie heißt?»

«Eigentlich nicht.»

«Sie denken aber, daß sie etwas wissen könnte. Obwohl Sie sie nicht kennen.»

«Ja. – Oder halt. Ich hab sie früher schon mal gesehen. In einer Computerfirma. Ich hab manchmal so Aushilfsjobs. Das muß in so einem Laden gewesen sein ...»

«Computerfirma?» sagte der Beamte. «Wissen Sie, was die Frau da gemacht hat?» Daniel sah winzige Pünktchen in der Iris des Beamten, den Ausschnitt eines Koordinatensystems, dessen Bestimmung jedoch unklar blieb, weil die Achsen außerhalb des Ausschnitts lagen.

«Keine Ahnung.»

«Na, kommen Sie. Was machen die da den lieben langen Tag, Schäfchenzählen?»

«Ich weiß nicht. Ich weiß nur, daß sie immer in diesem

Café sitzt. Wenn ich zur Uni fahre. Und wenn ich zurückkomme, immer noch. Deshalb ist sie mir aufgefallen.»

«Und was genau ist Ihnen aufgefallen?»

«Dieser Mireille-Matthieu-Schnitt. Sie sieht aus wie Mireille Matthieu in jung.»

«Haben Sie sonst noch was Ungewöhnliches gesehen? Ist Ihnen vielleicht in dieser Firma irgendwas aufgefallen?»

«Nein, wieso? Ich habe ein Programm durchgecheckt. Das war's.»

«Prima. Sie sind also hier, um uns zu sagen, Sie werden verfolgt von einer Frau, die aussieht wie, ähm, Nana Mouskouri?!» Die Irispünktchen entfernten sich, der Beamte war aufgestanden und zuckte genervt die Schultern.

«Matthieu», sagte Daniel. «Mireille Matthieu. Außerdem ist sie nicht der Verfolger.»

«Meinetwegen die ganze herrliche Schlagerparade! Aber was ist die –» Der Beamte spitzte die Finger wie ein Dirigent, «– *Information?* Wer arbeitet da, was hat diese Frau damit zu tun, und warum erzählen Sie mir das?»

«Keine Ahnung.» Daniel zögerte.

«Keine Ahnung? – Verstehe», sagte der Beamte, der Kriminalkommissar Schwerbeck sein mochte oder auch nicht, und stützte sich mit abgeknickten Handrücken vor ihm auf der Tischplatte ab. «Sie sind hergekommen, weil Sie wollen, daß wir es aus Ihnen herauslocken, richtig?» sagte er mit dem Gesicht dicht vor Daniel. «Sie haben eine Ahnung, aber Sie trauen dieser Ahnung noch nicht, Sie wissen es schon, aber Sie können es noch nicht formulieren, unterbrechen Sie mich bitte, wenn ich falschliege, Sie haben da Ihre Gedanken, aber unstrukturiert, und jetzt warten Sie auf die richtigen Fragen. Prima. Computerfirma ist ja schon mal ein wichtiger Hinweis.»

«Ich meine, na ja ... Es ist komisch, daß diese Frau immer da sitzt. Und was aufschreibt. Sie sieht genau, wer über diese Brücke geht. Jeden Tag. Zu jeder Stunde.»

«Sie schreibt?»

«Ja. Sie sitzt in diesem Café und schreibt was auf. Vielleicht, was sie sieht, jeden, der über die Brücke geht, und dann wirft sie alles ins Wasser.» Daniel sah das Wasser und das Gesicht der Frau, ober- oder unterhalb der Wasseroberfläche, und die blauen Bahnen, die das Papier genommen hatte.

Und noch während er redete, fiel ihm plötzlich auf, daß er den Alten soeben losgeworden war. Es schien ihm auf einmal einleuchtend, sogar unwiderlegbar logisch, daß die Frau im Vienna und der Mord in eine gemeinsame Formel gehörten, wie es der Beamte die ganze Zeit anzudeuten versuchte. Und Daniel wunderte sich, wie er den Verdacht, den er schon am Dienstag gehabt hatte, noch bevor die Polizei überhaupt bei ihm gewesen war, so schnell wieder hatte verwerfen können. Der Alte mit seinem lächerlichen Basecap und diesem schiefhängenden Mantel mußte als Variable aus der Rechnung gestrichen werden. Er hatte damit nichts zu tun. Er war nicht einmal verdächtig. Und so würde es morgen auch in der Zeitung stehen und ihm und dem Alten beweisen, daß sie beide völlig harmlos waren.

Er mußte also weiterreden, den Zufall wieder ins Spiel bringen, sogar sich selber an die Stelle des Zufalls setzen. Er konzentrierte sich auf diese Frau im Café, was nicht einfach eine Ablenkung von seinen eigentlichen Gedanken war, sondern das einzige Koordinatensystem, in dem jetzt sinnvoll gedacht werden konnte.

«Sie kennt sich an der Admiralsbrücke aus. Sie protokolliert alles. Und wirft es dann ins Wasser, vielleicht, um nicht ertappt zu werden. Sie erzählt, daß sie nichts mehr aufschreibt, tut es aber heimlich. Und wirft es dann weg.»

Der Beamte nickte. «Nur warum sind Sie so fixiert darauf, daß sie es ins Wasser wirft?»

«Ich habe es gesehen. Fünfhundert Seiten, schön auf blaues Papier kopiert, und dann ab damit über'n Jordan.»

«Und wie hängt das Ihrer Meinung nach jetzt mit diesem, ähm, Mord zusammen?»

«Wie soll ich sagen», sagte Daniel. Plötzlich tropfte ihm wieder Schweiß von den Augenbrauen. «Vielleicht glauben Sie mir auch nicht, aber diese Frau ... Sie könnte was verbergen. Vor ... Ich weiß nicht, vor wem.»

«Hm.» Der Beamte hockte sich wieder auf die Schreibtischkante. «Was könnte sie denn zu verbergen haben?»

«Keine Ahnung. Es gab irgendwas in ihrem Leben, und seitdem sind alle ihre Sensoren dauernd geöffnet.»

Der Beamte sagte nichts.

«Ich weiß nicht, vielleicht war sie nicht im Land, vielleicht war sie einmal außerhalb von allem und dann –»

«Sie ist viel im Ausland?» Der Beamte umspannte mit der

Hand seine Schläfen und schob die Kopfhaut nach hinten. «Wie sieht sie aus?» Er war plötzlich angestrengt. Als machte es ihm Mühe, sich noch länger zu konzentrieren.

«Wie gesagt, schwarzhaarig», sagte Daniel schnell. «Trägt Röcke, Miniröcke, hellblau, aber sie hat keine Figur, nein, absolut keine Figur in den Röcken –»

«Und?»

Der Stift des Beamten rutschte von den Lippen, eine plötzliche Bewegung, die so laut war, als wäre die Luft Glas und beim Aufprall des Stiftes in Stücke gesprungen, zu laut trotz der Schalldämmplatten, oder war das etwas, was er gerade gesagt hatte? Hatte er gesagt, doppelt so laut, sie hört alles doppelt so laut wie andere, es tut ihr weh, wenn jemand spricht, es treibt ihr die Töne direkt ins Herz, hatte er das gesagt, oder war er nur im Begriff, das zu sagen, wo sein Mund sich taub anfühlte, eine Höhle voll Sand, und doch schien es formuliert worden zu sein.

«Weggeschlossen?» sagte der Beamte.

«Ja. Eingeschlossen, weggeschlossen. So, wie wir alle. Womöglich.» Das Gesicht des Beamten entglitt ihm, verengte sich, bog sich an den Rändern nach innen, bis es ganz aufgesogen worden war vom unscharfen, grünen Licht der Papyrusblätter, die über seinem Kopf zusammenschlugen, und nur die flatternden Augendeckel waren noch zu sehen, auf und zu, auf und zu, mit scharfgeschliffenen Rändern wie von den Blättern der Pflanze selbst.

«Im Knast?»

«In einem Raum. Es ist ein Raum ohne Fenster. Aber man

kann ihn nicht besichtigen oder betreten. Nein, nein, so einfach ist das nicht. Man wird nicht einfach als Kind da reingesetzt, und dann kommt jemand und schließt ihn wieder auf. Wer soll ihn denn aufschließen, wenn ihn niemand abgeschlossen hat? Es gibt niemanden, der ihn abschließen könnte, wo alle selber weggeschlossen sind. Höchstens am Anfang, ganz am Anfang, aber dann lange bevor es jemand hätte sehen und bezeugen können. Man sieht nicht, wie sie da vor und zurück ihr Holzpferdchen schiebt, im Takt der Sprache, in die sie niemand je eingeschlossen hat und der sie doch nicht entgeht, weil die Sprache sich auch in ihr eingeschlossen hat, wie in Glas, ein Einschluß im Glas, der Körper. Und wenn das eine schmilzt, ist auch das andere weg. Sie versucht ...»

«Sie versucht was?»

«Sie versucht, nicht daran zu denken. Sie lenkt sich ab mit Männern und hält es nicht aus, und mit Jobs und hält es nicht aus, und mit, mit ...»

«Mit dem Protokollieren?»

«Ja. Sie schreibt, sie muß schreiben. Damit der Raum nicht schmilzt und mit ihm der Körper. – Wo war ich?»

«Sie waren gerade dabei, mir was von Holzpferdchen zu erzählen.» Die Stimme des Beamten kam aus den Tiefen des Papyrus. «Wir müßten der Sache mal langsam ein bißchen näherkommen. Ist sie verrückt?»

«Neinnein! Ganz normal, völlig normal, wie alle anderen, jeder mit einem Holzpferdchen, vor und zurück, und trotzdem halten sie sich für unabhängig, einigermaßen unabhängig und aufmüpfig und frei, nur sie nicht, sie weiß es, dumm gelaufen, und deshalb ist *sie* nicht normal, sie sieht ja alles, und dann versucht sie, es nicht zu sehen, sie verbietet sich Stifte, Papier, sie belügt, ich weiß nicht, wen. Aber es wird schlimmer. Sie sieht Inseln aus Glas, die in der Strömung treiben. Man kann bis unten durchgucken, durch diese Inseln, meine ich. Und was sie da schreibt, ist am Ende nichts. Wertlos. Durchschaubar. Eine Abschrift. Eine von den Glasinseln, spiegelndes Glas. Zerbrechlich, ja. Aber ganz und gar durchsichtig. Man kann sie zerstören oder hindurchsehen, aber man kommt nicht rein. Nein, warten Sie, das Wichtigste fehlt ja noch! Vielleicht ist diese Frau nicht allein. Sie läßt nur niemanden an sich ran. Natürlich! Weil sie Angst hat, geliebt zu werden, sie hat eine beschissene Scheißangst, geliebt zu werden, weil es nicht geht, weil nicht geliebt werden kann, wo jeder und alles in Glas und die Welt doch mit dreihunderttausend Kilometern in der Sekunde jeden Moment ...» Er brach erschrocken ab. Aber die Sätze rotierten in seinem Kopf weiter, weil er sie, wenn es einmal begonnen hatte, nicht stoppen konnte.

Dann sah er die Null. Er sah einen Cosinus bei Pi Halbe und sah endlich die Null und sagte: «Sie hat in den letzten Jahren keine Minute verbracht, ohne angestarrt zu werden. Keine beschissene einzige Minute. Aber sie will nicht länger in diese Inselspiegel sehen. Verstehen Sie? Nachts liegt sie im Bett und weint vor Schmerz.»

Plötzlich fühlte Daniel wieder Boden unter den Füßen, eine Sicherheit, die in einer schönen Parallele zu den Sätzen verlief, die er gerade gesagt hatte. Entlang der Parallele und innerhalb dieses Koordinatensystems ergaben die Sätze eine sinnvolle, geometrische Figur. «Der Schmerz macht aus ihrem einen Körper zwei», sagte er ruhig. «Es wird sie töten. Oder sie wird töten. Das hat sie aufgeschrieben. Sie hat Angst, daß es die Wahrheit ist, was sie geschrieben hat. Und sagt, sie schreibt nicht mehr. Und schreibt es auf. Und wirft es weg.»

Seine Lunge war leer, als hätte er, statt zu sprechen, nur geatmet. Nur immer ausgeatmet, bis jetzt sein Gesicht heiß war und er das Glas Wasser vor sich auf dem Tisch wahrnahm, das ihm jemand hingestellt hatte. Der Beamte zog den Stift in die Lippen.

«Verstehen Sie nicht», flüsterte er. «Wenn das Glas schmilzt –»

«Na prima», sagte der Beamte. «Wenn alles da schon steht, dann müssen wir ja nur noch unsere Tauchspezialisten losschicken, und der Fall ist geklärt. Thomas», rief er in das andere Zimmer hinüber, «kommst du mal! Ich glaube, der junge Mann möchte gehen. Und zwar direkt zu den Universal Studios, um für seine, ähm, Hirngespinste ordentlich was abzuzocken. Ich wünsch Ihnen da viel Glück. Sonst können Sie sich wohl den Prozeß wegen Irreführung der Justiz nicht leisten.»

Daniel stolperte, als er aufstand. Der Stuhl fiel um, und er war froh, wenigstens an der Tür noch auf eine alltägliche, harmlose Formulierung zu stoßen.

«Schönes Wochenende», sagte er.

Aber der Beamte lachte auf. «Wochenende?» rief er höhnisch. «Wollen Sie es jetzt drauf anlegen, ja? Noch eine schöne Beamtenbeleidigung obendrauf, damit sich's lohnt? Glauben Sie, Sie könnten hier reinspaziert kommen, uns erst den größten Bockmist auftischen und uns am Ende unterstellen, hier fällt schon am Dienstagnachmittag der Hammer, gerade jetzt, wo fehlende Einsatzkräfte durch unbezahlte Überstunden ausgeglichen werden?»

«Dienstag?» sagte Daniel. Er erhielt keine Antwort. Der Kollege hatte ihn bereits auf den Flur geschoben.

«Schon gut», hörte er noch, «guck dir doch an, wie der schwitzt.» Dann fiel die Tür hinter ihm zu.

Im halbdunklen Flur befühlte er seine Stirn. Sie war klatschnaß. Unter seinen Fingern spürte er die beiden senkrechten Adern vorstehen. «Du wirst mal ein richtiges Gewächs im Gesicht haben, Dani», hatte Kathleen gesagt, «dann siehst du aus wie Jesus.» Und er konnte nur an Schilf denken, an Schilf und das beruhigende Wehen der Gräser im Sommer.

Er hörte sich atmen und lehnte sich an die Wand. Die Wand war weiß gekalkt und schmutzig und sicherer als Schwerbeck und seine verdrehten Fragen. Eine sinnvolle Erklärung gab es nur unter der Voraussetzung, in ein Verhör geraten zu sein, dessen Taktik er nicht durchschaute. Aber auch da war er nicht sicher, denn wieso sollte es Dienstag sein, wo doch Freitag war.

Sicher war nur, dadrin war er diese Frau gewesen. Er hatte sie aus seinem Kopf herausgeholt, so deutlich, daß kein

Zweifel bestand. Und auch jetzt, auf der Treppe, fühlte er sich und sie noch gleichzeitig. Die Parallelen von Koordinatensystemen gekrümmter Welten berühren sich zwangsläufig, dachte er und hatte Angst, der Kriminalbeamte würde ihm hinterherschauen, eine Akte über ihn bereits angelegt und auf dem Schoß, und er nahm die Treppe mit schnellen, steifen Schritten. Für einen Moment hatte er den Alten vergessen, und als er jetzt wieder an ihn dachte, wünschte er, nicht an ihn zu denken, und wußte doch nicht, was von beidem wünschenswerter war.

Jedenfalls war ihm verflucht heiß. Auf der Straße ließ er die Jacke offen. Den Weg zur U-Bahn rannte er.

Die Hirondelle gibt es wirklich. Ich habe im Internet nachgeguckt. Es gibt eine Homepage, auf der sämtliche Kriegsschiffe der Volksmarine der DDR abgebildet sind. Die Hirondelle hat inzwischen ein Privatmann aus Finnland gekauft. Mich wundert, daß Marlies sich für so was überhaupt interessiert hat. Oder hatte sie auch das nur ... aber was soll immer dieser Gedanke an ihre Männer. Vielleicht sollte ich aus dem Ausflugsdampfer, dessen Schraube die Leiche zerfetzt hat, ein Kriegsschiff der Volksmarine machen. Das hätte mehr Dramatik. Eine Internet-Firma bei einem Sektempfang auf einem sozialistischen Zerstörer, und darunter schwimmt die Leiche einer Frau. Das hätte Marlies sicher gefallen. Aber so ein Zerstörer paßt wieder nicht in einen Seitenarm der Spree. Es ist immer dasselbe. Am Realismus gehen die schönsten Ideen kaputt.

Wenn es um Marlies ging, war ich nie realistisch. Sonst hätte ich an unserem letzten Abend wissen müssen, daß es unser letzter war.

In der U-Bahn war es stickig. Daniel lief der Schweiß zu den Handgelenken und von dort in die Hände. Als er ausstieg, wollte er dringend eine rauchen, untersuchte seine Taschen und fand nichts. Der Zeitungsladen war keine fünf Minuten entfernt. Aber er ahnte, daß das Gerüst und die Handwerker und der LKW spurlos verschwunden sein würden, und betrat hastig die nächste Kneipe auf dem Kottbusser Damm. Es war eine häßliche Plastikspelunke. Lichterketten hingen an den Fenstern. Der Zigarettenautomat stand unter einem chinesischen Bild, aus dem ständig Wasser fiel und dann über eine unsichtbare Rolle auf der Rückseite des Bildes wieder zurück an den Anfang des Wasserfalls transportiert wurde.

Im Münzschlitz des Automaten spiegelte sich ein grünes Basecap. Das Basecap war so klein wie der Münzschlitz, nicht größer als ein Fingernagel. Daniel legte einen Daumen auf den Schlitz, was sinnlos war, denn der Alte stand nur wenige Schritte hinter ihm.

Mechanisch griff er nach seinem Portemonnaie und warf das Geld ein. Die Münzen klackerten im Inneren des Gehäuses, als fielen sie durch die Gehirnwindungen im Kopf des Alten. Auf dem Weg durch die Höhlen und Täler des Denkens machte das Geld eine Verwandlung durch. Es war nicht mehr bloß Geld für Zigaretten, es wurde elementar.

Nackt. Es wurde entsetzlich wichtig, weil es seine letzte Hoffnung war.

Daniel warf Lösegeld in den Automaten, eine enorme Summe, und erst auf der Straße stellte er fest, daß er Lucky Strike erwischt hatte. Er ging noch einen Schritt in normalem Tempo. Dann rannte er, obwohl er wußte, daß der Alte ihm hinterhersah. Er stürzte, ohne sich noch einmal umzudrehen, in die Bäckerei.

Vor den Auslagen ging er auf Zehenspitzen und flüsterte mit dem Kinn knapp über der Ladentheke: «Gibt's schon was Neues?»

«Hier is immer allet frisch», sagte die Bäckersfrau laut. «Weeste doch, oder? Da kommste doch nu oft genug.»

«Ich meine, wegen dieser Ufergeschichte.»

«Kannste dich ma 'n bißchen klarer ausdrücken? Wat'n für 'ne Ufergeschichte?»

«Neulich, Sie wissen schon, der Unterschenkel!»

«Nu mach mir ma keene Angst», sagte die Bäckersfrau und lachte. «Bin froh, wenn ma nüscht passiert uff unserm Planeten und 'n paar Linke fest im Sattel vonner Regierung sitzen.»

«War nicht noch mal jemand hier? Von der Polizei, meine ich.»

«Wat is'n los, Kleener, wat willste denn jetzt?»

«Sie haben mir doch selbst persönlich die taz geschenkt, wo's drinstand. – Ich will ja nur wissen, ob sie was Neues gefunden haben. Das war doch ein Riesending hier!» sagte Daniel jetzt ebenfalls laut und drehte sich zu der Schlange hinter ihm um. «Das Ufer war abgesperrt! Kann doch nicht sein, daß jetzt keiner mehr was davon weiß! Aber klar. Wahrscheinlich ist heute Dienstag statt Freitag, und die Außerirdischen kommen!» rief er.

«Nu ma piano», sagte die Bäckersfrau. «Seit wann interessiert'n euch Studis, ob Freitag is! Schön wär's ja. Dann hätt ick mich aber schon längst von hier wegjebeamt.»

«Und Sie», sagte Daniel. «Sie haben doch noch selbst gesagt, die bei der Polizei können auch nur noch Wasserwerfer lenken, was übrigens stimmt!»

«Schön dit mit den Wasserwerfern, aber darf's jetze ma wat sein?»

Er kam sich armselig vor, fehl am Platz, mit brennenden Augen und schiefgetretenen Schuhen, die Leute drängten ihn gegen das Glas der Theke, und an der Bäckersfrau klebte der Geruch verbrannter Plätzchen. Als er zurücktreten wollte, krachte sein Kinn auf die Ladentheke.

«Ein halbes Vollkorn und vier von den H-Milch», murmelte Daniel, ohne aufzusehen, und war erstaunt, wie hart sein Blut schmeckte. Er bezahlte. Vor der Ladentür zögerte er, bis das Glas beschlug und ihm die Sicht auf den Alten nahm, der auf der gegenüberliegenden Straßenseite stehen mußte. Dann zog er ab.

In seiner Wohnung fand er das Haarband auf dem Küchentisch und wischte es auf den Boden. Er riß eine Milchtüte auf, spülte den Mund aus, und als er ausspuckte, war die Milch rot und drehte in einem Kreis in den Abfluß. Er ließ sich auf den Stuhl fallen. Der Tisch war fade gemustert, ein

Nußbaumimitat, von dem sich die Folie löste. Die Bäckersfrau hatte ihn nur auflaufen lassen wollen, ihm einen Schreck einjagen, wie Mütter so sind, wenn man sie eigentlich braucht, dachte Daniel. Dann stehen sie plötzlich im Flatterhemdchen in der Schlafzimmertür und wollen selber zurück in die Kindheit. Nur die Haut an ihren nackten Beinen paßt nicht dazu.

In der Ferne hörte er den Schnorrer mit seinem Hund reden. Dann verschwanden die Geräusche. Draußen wurde es dunkel. Auch die Wand vor ihm verschwand. Und der Küchentisch. Er legte seine Hände flach dahin, wo vorher der Tisch gewesen war, und sein Körper wurde im Dunkeln bleicher.

Niemand konnte ihn sehen. Deshalb war auch für niemanden etwas geschehen.

Nur der Alte hielt zu ihm. Er wurde wie das Wasser in dem chinesischen Bild unsichtbar auf der Rückseite seines Lebens immer wieder an den Anfang transportiert. Das war ihm so unheimlich, daß er es hinnahm wie Dinge, auf die es genau zwei einander widersprechende Antworten gab. Mit einer erschreckten, aber dumpfen Gleichgültigkeit.

Die gelbe Espressokanne stand unabgewaschen auf der Arbeitsplatte. Er sah sie eine Weile an, blieb aber sitzen, ohne sich einen Milchkaffee zu machen. Für Kathleen hatte er die Milch im Metalltopf geschäumt. Einmal hatte er Weinbrand statt Wasser in die Kanne gefüllt. Ungeduldig hatte er darauf gewartet, daß sie die Kaffeetasse ansetzte. Sie lächelte und trank, und dann starrte sie ihn auf einmal an mit einem

Blick, bei dem er dachte, jetzt schießt ihr gleich das Hirn aus den Augen. Sie rannte zum Spülbecken und spuckte aus, bis nur noch Speichel kam. Er troff ihr aus dem Mund, und Daniel hatte geweint vor Lachen, bis das Lachen sich in der Kehle überschlug und Kathleen ihm den Rührstab aus der Hand nahm, aber nur, um seine Hand dann umzuklappen, mit der Handfläche nach oben. Auch das war ihm auf die Nerven gegangen, dieses ständige Anschleichen an seinen Körper. «Aber Dani», hatte sie erschrocken gesagt und seine Herzlinie ertastet. «Wenn deine Hände nicht immer so feucht wären, müßte man sich ihnen ja ganz ergeben!»

Daniel starrte in die Milch. Er suchte nach einem gedanklichen Übergang, bevor er sich ganz an die Dunkelheit verlor. Bevor er anfangen würde zu glauben, daß mit Kathleen auch er selbst verschwunden war. Er dachte an die Milch. Er dachte an die Kneipe. Noch einmal rief er Kathleen auf dem Handy an. Die Vögel waren still. Es gab keine Vögel mehr. Eine digitale Stimme konnte nicht aufhören zu sagen: «Dieser Teilnehmer ist vorübergehend nicht zu erreichen. Dieser Teilnehmer ist vorübergehend nicht ...» Er stellte sich das Handy in einer Umgebung vor. Die Umgebung konnte überall in der Stadt sein.

Er dachte wieder an die Kneipe. Er dachte an die grüne Schriftzeile aus Neonlicht über dem Eingang. JoJo. Seine Gedanken gingen daran auf und ab. JoJo. Bis er zuwenig Schwung holte und die Gedanken unten, an der lang auslaufenden Schnur, hängenblieben. Sie trudelten im Kreis, aber es gelang ihm nicht, sie wieder aufwärts laufen zu lassen, entgegen der Erdanziehung. Statt dessen breiteten sie sich vor ihm aus in der Handschrift des Alten.

Ich kenne Sie aus dem JoJo. Sie waren doch im Jojo. Ich habe Sie im JoJo gesehen. Aber seine Erinnerungen waren so unzuverlässig wie seine Freundin.

«Scheißescheißescheiße», sagte er, ohne die Chance, nachsehen zu können. Er hatte den Brief verbrannt. Er hatte sein Leben verbrannt. In den letzten Tagen hatte es langsam wie dieser Brief in der Flamme seine Gestalt verloren. Nur der Geschmack von Kathleens Halsbeuge war als einziges zurückgeblieben. Als sich in der Hitze erst sein Name und dann auch die Uhrzeit aufgelöst hatten, hatte er Kathleens Halsbeuge deutlich unter der Zunge gespürt.

Er leckte sich über die Lippen, die trocken waren, salzig. Es war ihr Mädchenschweiß, den er auf seinen Lippen schmeckte, und so deutlich wie ihr Schweiß erschien jetzt auch die Zeitangabe in seinem Kopf: zwei Uhr am Ufer.

«Können Sie mir sagen, wie spät es ist?» Damit mußte es beginnen. Daniel stand auf. Er stand langsam auf, so langsam, daß er jeden einzelnen Körperteil spüren konnte. Er atmete, bis sich auch der Atem überall in seinem Körper verteilte. Alles begann mit Fragen, die einem vorgegeben waren, dachte er. Jede neue Theorie ergab sich nur aus den Fragen, die eine andere Theorie aufgeworfen hatte, jede Funktion ergab sich aus dem Differential einer anderen. Er sah sich in der Dunkelheit seiner Küche um und bemerkte, wie stark das Licht war, das vom Nachthimmel hereinfiel, und daß es gar nicht dunkel, sondern vielfach gebrochen war. Zwei Uhr, hatte der Alte geschrieben. Zwei Uhr war die Lösung. Er hatte sie nur bisher nicht ernst genug genommen. Es verunsichert die Leute, wenn man sie ganz ernst nimmt, dachte Daniel. Sie haben dann das Gefühl, sie würden durchschaut.

Das sind Sätze von Marlies. Das hat sie an jenem letzten Abend gesagt und saß da wie eine der grüne Limonade trinkenden Frauen aus der Versace-Werbung. Bevor sie anfing zu weinen.

Ich habe Marlies schon oft weinen sehen, und jedesmal war es unerträglich, weil sie nicht wegen mir weinte. Sie lachte auch nie wegen mir.

Ich kann mich nicht erinnern, daß sie jemals lustig gewesen wäre, wenn sie mit mir unterwegs war. Den Spaß hat sie sich woanders geholt. Sie kam nur wegen ihrer Geschichten, von denen ich mehr als genug hatte. An diesem Abend, der unser letzter war, habe ich es nicht mehr ausgehalten. Sie saß mir gegenüber an einem der Holztische im Vienna. Schon seit dem Nachmittag saßen wir hier. Ihre Haut, ihre Haare rochen noch nach der Sonne, die erst am frühen Abend hinter Wolken verschwunden war.

Ich wollte sie einmal wegen mir weinen sehen. Ich wollte, daß sie mich sah, ein einziges Mal. Sie sollte mich wahrnehmen als jemand, der ein Zimmer für sie eingerichtet hätte. Wenn sie bei mir eingezogen wäre, würde sie noch leben.

Ich habe sie angelächelt, so wie immer, mitten in ihre verheulten Augen hinein. Ich habe mich auch wie immer tröstend zu ihr hinübergebeugt. Aber dann habe ich ihr etwas ins Ohr geflüstert, was für unser Verhältnis ungewöhnlich war. Meine Lippen streiften ihr Ohrläppchen, und ich kann auch jetzt noch manchmal das Metall ihres billigen Ohrsteckers schmecken.

Ich habe ihr gesagt, wie schade es sei, daß sie sich nur in Idioten verlieben könne.

Sie hat mir eine gescheuert. Meine Wange brannte, wie wenn Staub aus unzähligen Blüten auf der Haut zerrieben wird. Ich habe ihr Handgelenk gepackt. Es war überraschend schmal. Es wurde sofort rot, als sie versuchte, sich mir zu entwinden, die Gelenkknochen scheuerten in meiner Hand. Ich wünschte, ich könnte sagen, wie es weiterging. Aber ich sehe mich nur in ihr Gesicht schreien. Es ist eine tonlose Aufnahme, eine Sequenz ohne Worte. Möglicherweise habe ich sie vom Tisch hoch- und auf die Straße gezerrt. Auf der Straße war es Nacht, und ich muß ihr weh getan haben.

Denn draußen hat sie in verändertem Tonfall und atemlos gesagt: «Siehst du. Es verunsichert Leute, wenn man sie ganz ernst nimmt. Sie haben dann das Gefühl, sie würden durchschaut.»

Diese Sätze sind als einziges haftengeblieben. Wir standen im Nieselregen. Ich hielt sie hart an ihrem Handgelenk, sie keuchte, mein Kopf hämmerte, und sie hatte wunderschöne Augen, denn ich hatte sie zuvor nie wirklich gesehen.

Ich weiß nicht, was dann passiert ist. Aber sie hatte recht. Von ihr verletzt zu werden war meine einzige Chance. Ich würde sie nie so verletzen können. Das wußte sie. Ich war schön genug, aber ich war keiner ihrer Männer. Sie hatte verstanden, daß es nicht um die Idioten ging, in die sie sich verliebte. Es ging um mich. Es war immer nur um mich gegangen. Und diesmal hatte sie es ernst genommen. Sie ist mir so nah gewesen, daß ich den Härchenflaum auf ihrer Haut spürte, aber die Ohrfeige konnte ich nicht aushalten. Ich konnte den brennenden Staub auf der Wange und ihre Augen, die mich eine Zehntelsekunde aufmerksam, sogar zärtlich ansahen, nicht ertragen.

Sonst weiß ich nichts mehr. Nur wie Metallohrstecker schmecken, billig und penetrant auf den Lippen. Der Abend war unser letzter, und hätte ich gewußt, daß es unser letzter war, ich hätte sie einfach in den Arm genommen und sie sehr lange und gegen jeden Widerstand geküßt.

So kann ich nur versuchen, sie zu vergessen, indem ich schreibe, auch wenn ich weiß, daß Schreiben nur eine zweite, eine entsetzliche Möglichkeit des Erinnerns ist.

Der Alte sah, daß die Wohnung dunkel blieb, obwohl der Junge schon vor zwanzig Minuten im Hauseingang verschwunden war. Er öffnete den Mantelkragen. Er war heute nicht lange gelaufen, er hatte die Abkürzung am Ufer entlang genommen und war nicht über die Weserstraße zuerst in östlicher Richtung und dann wieder nördlich zum Ufer zurück gegangen. Aber seine Gedanken strengten ihn an, und er lehnte sich an den Baum, der neben dem Brückengeländer aus einem grauen Erdquadrat wuchs. Der Baumstamm war feucht vor Kälte. Er färbte die Fingerkuppen grün, und der Alte nahm wieder einen kleinen Abstand und stellte sich schließlich so, daß die Äste nicht das Fenster im obersten Stock verdeckten. Noch konnte er die Schritte hören, mit denen der Junge um die Ecken gegangen war. Und wieder hörte er Kristian laufen. Er wußte, das Geräusch hielt nie lange an, die Dynamos pfiffen dazwischen, und danach käme die Erinnerung an die Dynamos und dann nichts mehr. Er hoffte, wenigstens das Licht würde angehen, so daß er einen Schatten, eine Bewegung hinter dem Fenster erkennen konnte. Aber nur sein Atem stand weiß in der Luft.

Er hatte sich heute oft gefragt, wieso die Menge am Ostbahnhof ihm gerade diesen Jungen unter all den Menschen preisgegeben hatte, warum gerade dieses Gesicht, dieses Lachen unter so vielen anderen. Sollte der Junge ihm jemals diese Frage stellen, dann hätte er keine Antwort darauf. Für sich selber hatte er entschieden, sich die wenigen wichtigen Fragen niemals zu beantworten. Aber er wußte, das würde dem Jungen nicht einleuchten.

Er war ihm zum ersten Mal am Ostbahnhof begegnet. Dieser Gedanke war ihm heute morgen gekommen, nachdem er schon befürchtet hatte, es für immer vergessen zu haben. Er hatte den Jungen in der Eingangshalle gesehen. Die Bahnhofsansage hatte Züge ausgerufen. Die Bahnhofsansage war der einzige Grund, manchmal die Spaziergänge zu unterbrechen. Er fuhr zum Ostbahnhof und hörte sich Ortsnamen über Lautsprecher an. Am liebsten waren ihm Namen von Orten, die an der Ostsee lagen, Orte mit schilfgedeckten Häusern und Uniformen aus den Sechzigern. Er hatte nicht das Gefühl, noch einmal dorthin fahren zu müssen. Diese Orte hatten in ihm gelebt, und es reichte, manchmal noch ihre Namen halblaut mitzusprechen. Von der Seeseite aus kannte er sie am besten. Die Signalleuchten der Fahrrinnen, die schwimmenden Seebrücken, die hellen Betonmolen, an denen die Wellen mit einem dumpfen Rasen zerschlugen, was er hören konnte, wenn er nachts in der Weserstraße auf dem Bettrand saß.

Auf einer der Stahlbänke hatte er den Jungen gesehen, die Hände in die Jackenärmel gezogen, und er hatte sich vorgestellt, wie der Junge mit zehn gewesen war. Er war nie mehr darüber hinweggekommen, sich alle jungen Männer vorzustellen, wie sie mit zehn waren. Mit glatten, hingebungsvollen Gesichtchen und großen Augen. So konzentriert wie der Junge zur Anzeigetafel gesehen hatte, war es leicht gewesen, ihn sich mit zehn vorzustellen. Die Adern an der Schläfe, die unerträglich langen Wimpern über den Augen und dieses verheißungsvolle, noch nicht vom Wissen um die eigene Bedeutung zerschnittene Lächeln.

Der Alte sah zum Fenster hinauf, das immer noch dunkel war. Er merkte nicht, daß er fror. Er stand im Hafen von Peenemünde neben Kränen und Baggern, die das Hafenbecken zu einer Solltiefe von acht Metern aushoben, um es für Raketenschnellboote, Torpedoboote und U-Boot-Jäger befahrbar zu machen, und lauschte zu diesem Fenster hoch, und erst als er sich überzeugt hatte, daß nichts, kein Laut, aus dem Dunkel zu ihm herunterdrang, daß der Junge das Fenster nicht geöffnet hatte und also nichts von ihm zu hören war, holte er das belegte Brot aus der Tüte in seiner Manteltasche. Das Brot war eisig, aber er aß es trotzdem, weil ihm von der Anstrengung ein bißchen schwindlig und übel geworden war. Dann ging er hinüber an die Stelle, wo das Ufer abschüssig zu werden begann, und schüttelte die Krümel aus der Plastiktüte in das vereiste Gras.

Als er wieder aufsah, entdeckte er an der Biegung, die der Kanal in der Ferne machte, einen Mast, der sich träge über das Wasser schob, und um den Mast versammelte Menschen mit aufgerissenen, rasenden Mündern, eine spillerige Besatzung in Mönchskutten und unter dämonischen Masken, die Gesichter schreiend zum Himmel gereckt. Die Mastspitze sah er zu einem Baum wachsen, der sich in den Himmel hineinschraubte und in den Köpfen der Mannschaft verwurzelt war. In der Krone hing eine Schädelform, ein ausgehöhlter Kopf mit vorplatzenden Knochen, die Nase wie der Schnabel eines Vogels, der hämisch auf ihn herabstieß, bis er merkte, daß es die Übelkeit war, und er vor Übelkeit die Uferböschung hinabtaumelte. Er verfing sich in einem Strauch, dessen Äste davonschnellten, als er mit beiden Händen nach ihnen griff. Aber mit dem rechten Fuß fand er Halt, und er konnte Luft holen. Er legte den Kopf in den Nacken und fühlte im Hals den Puls schlagen.

Als es besser geworden war, sah er anstelle des Baumes helle Streben von Ortungsanlagen und eine 85-mm-Kanone, und dann erkannte er an der schwarzen Persenning, die das

Schiff um den Scheinwerferstand trug, daß es sein Schiff war.

Er hielt sich jetzt mühelos aufrecht. Wegen der schwarzen Persenning hatte die *Erfurt* den Spitznamen *Schwarzer Jack* bekommen, daran konnte sich der Alte erinnern, und nach einer Weile zog er sich am Strauch die Uferböschung wieder hoch.

Von hier aus erkannte er achtern hinter dem Schanzkleid jetzt auch die Mannschaft. Er sah sie die Minen klarmachen, und er sah alles in Einzelheiten, als wäre er sehr nah an jeden der Matrosen herangetreten. Er sah den Sperrmeister die Minen kontrollieren, bevor sie ausgesetzt wurden, damit sie nicht auf Grund gingen oder sich weithin sichtbar als Oberflächenständer präsentierten. Er selbst hatte als Kommandant beim Ausbringen der Minen auf der Brücke zu sein. Aber er wußte, daß er heute eine Ausnahme machen durfte. Fünfzehn Jahre hatte er auf der Brücke des *Schwarzen Jack* die Kommandos gegeben, aber er hatte nie herausgefunden, wovon es abhing, was davon in der Erinnerung zurückblieb. Manche Dinge hatte er vergessen, ohne darauf zu achten, und von den Dingen, auf die er geachtet hatte, konnte er sich nur an das Vergessen erinnern.

Also ließ er sich Zeit. Er betrachtete Gesichter, Hände, die klammgefrorenen Finger der Matrosen, während er gleichzeitig das Fenster des Jungen im Auge behielt.

Die Matrosen hatten ihre Handschuhe ausgezogen. Zusammen mit den Minen bildeten sie eine schiefe Kette hinter dem Schanzkleid der *Erfurt.* Sie klemmten den Würfelzucker zwischen Zeige- und Mittelfinger ein, legten die Hände dann zu einem schmalen Fingerbündel zusammen und zogen sie durch die Öffnung des wasserdichten Gummisacks zurück. Beim Einpassen des Zuckers in die Zündköpfe gingen sie langsam vor. Sie führten das Zuckerstück, bis es exakt in der Mine festsaß. Er hatte sich für diese Arbeit die erfahreneren Männer ausgesucht, und der Zucker ging durch ihre Hände wie ein seltener Werkstoff. Er mußte trocken bleiben, damit die Minen nicht vorzeitig scharf wurden, und solange sie noch an Bord waren, war der Zucker wertvoller als die Minen selbst.

Die *Erfurt* war immer mit Munition und jeder Menge Zucker ausgelaufen, und er hatte dabei nur in militärischen Notwendigkeiten gedacht: in Begriffen der Masse, die sein Minenleg- und Räumschiff an Wasser verdrängen konnte, an die Sprengkraft unterschiedlicher Minen und die Stärke ihrer Druckwelle, die über das Kabelfernräumgerät hinwegschießen würde, das achtern im Schleppgeschirr hing. Er hatte in Geschwindigkeiten gedacht, wenn er seine Artilleristen fünfzigmal hintereinander die Geschütze klarmachen ließ, bis sie so sicher darin geworden waren, als gehörte jeder Handgriff zum normalen Bewegungsablauf des Körpers.

Über den Feind hatte er nicht nachgedacht. Wenn der *Schwarze Jack* auf Vorposten im Fehmarn-Belt lag, kamen die Boote der Bundesmarine herübergefahren. Die Bundesmariner legten ihr Boot steuerbord hinter das Heck der *Erfurt* und vertrieben sich den eintönigen Rhythmus des Wacheschiebens mit denselben russischen Filmen, die seine

Matrosen auf einem an Deck aufgespannten Bettlaken guckten. Zum Abschied flogen Bananen und Schokolade auf das Oberdeck. Manchmal auch Päckchen mit Zigaretten. Seine Mannschaft holte dann riesige, eiserne Zangen aus der Schupp. Die Bananen wurden demonstrativ in die Backen der Zangen geklemmt, und die Männer schwenkten sie hoch über ihren Köpfen, und manchmal waren die Bananen schon zerquetscht, bevor sie unter höhnischem Johlen im Meer landeten. Aber darin sah er nur Stolz, und wäre es je zu einem Gefecht gekommen, hätte er den Feind und die Schokoladenwerfer nie zu einem gemeinsamen Gedanken gemacht.

Auch die ausgebrachten Minen waren nicht hochgegangen. Sie gehörten wie die langen Märsche, die Fahrten um Bornholm, nur zu den Manövern auf ihrem Gefechtsplan. Die eigentliche Aufgabe der MLR-Schiffe bestand darin, die Wasserstraßen von den Minen der Reichskriegsmarine zu räumen, damit die Fähren und Handelsschiffe aus Dänemark, Kopenhagen und Oslo unbeschadet hineinfahren konnten in die junge Republik. Aber die Vorstellung von Detonationen unter Wasser und der Präzision, mit der das Wasser dann hochschoß, hatte er trotzdem nie wirklich aufgeben können.

Erst jetzt, so viele Jahre später, als er die zu Quadern gepreßten Zuckerkristalle in den Zündköpfen der tödlichen Waffen verschwinden sah, begriff er, was er schon unzählige Male nur beobachtet hatte. Der Zucker sperrte nur für wenige Minuten den Mechanismus des Zündkopfes, und doch schienen ihm diese Minuten jetzt bedeutend länger, als sie je gedauert hatten. Waren die Minen dann über die Heckwulst gewuchtet und versanken im brodelnden Schraubenwasser, löste sich der Zucker auf.

Der Alte spürte, wie ihm die feuchtkalte Seeluft zwischen die Strümpfe und die langen Unterhosen kroch, und tastete nach den Sicherheitsnadeln, die fest saßen, aber ebenfalls eiskalt waren.

Jedes Stück Zucker, dachte er, war gleichermaßen Aufschub und Tod.

Er stand wieder sicher und gerade am Geländer, und er wunderte sich, wie einfach dieser Gedanke war und wie leicht er ihn vom Fenster des Jungen ablenken konnte.

Er sah die Schatten der Häuser auf der anderen Uferseite, wo die Schiffe rechts und links in Kiellinie von ihm lagen und auf denen überall das gleiche Schauspiel stattfand. Auf allen Decks nahmen die Matrosen in der Dunkelheit die Zukunft vorweg. Sie lag über eine Länge von drei Seemeilen schon in Explosionskörpern verschlossen, die jetzt noch im Unsichtbaren verschwanden, sie existierte schon, als noch keiner von ihrer Existenz wußte. Zehn-, sogar zwanzigmal konnte ein Schiff die Mine überlaufen, ohne daß der Mechanismus reagierte und die Zündung auslöste. Aber eines Tages würde er schließlich doch reagieren. Das Magnetfeld eines britischen oder französischen Schiffes würde den Mechanismus auslösen, die Mine würde in einen stillen Sonnentag hinein hochgehen und das Wasser aufreißen zu einer Schlucht.

Dann sah er wieder zum Fenster des Jungen hinauf. Zum ersten Mal wünschte er sich, daß der Junge ihn so sehen könnte, wie er sich selbst im Alter des Jungen sah: in Kieler Bluse, mit Koppel, Kulani und dem kunstvoll gebundenen schwarzen Tuch auf der Brücke der *Erfurt,* und nicht in diesem Mantel, der noch aus seiner Dienstzeit stammte, der jetzt aber schlaff an ihm herunterhing wie am Körper eines Penners. Aber das Fenster war dunkel. Wolken zogen über das Dach, und der Vogelschädel blieb verschwunden. Nach einer dreiviertel Stunde ging er nach Hause.

Der Junge konnte sicher sein, daß er wiederkam.

Seit Marlies tot ist, ist sie noch schöner geworden. Sie fängt an, mich zu verfolgen. Sie sitzt auf meiner Couch, wie sie im Café gesessen hat, in ihrer Sportjacke, den Minirock knapp auf den Oberschenkeln, die Strumpfhosen aufreizend schwarz. Ich sehe ihr rotgescheuertes Handgelenk. Nachts drängt sich mir ihr Duft auf, und ich träume, wie sich ihre Haare um mich herum ausbreiten, wie ich ihr den Kopf zur Seite drücke, um ihren Hals freizulegen, den Knochen hinter dem Ohr, und wie ich sie dann an den Haaren zu mir heranziehe, um sie zu küssen.

An manchen Abenden blieb sie, wenn die Schüssel mit der Avocado-Creme leer war, allein unter der quietschenden Lampe sitzen. Ich weiß nicht, was sie dort gemacht oder gedacht hat. Sie wollte allein da sitzen, und ich habe sie atmen gehört, bevor ich auf der Besuchercouch eingeschlafen oder gegangen bin.

Einmal sagte sie: «In der Phantasie der Männer entsteht die Welt der Frauen.»

Ich habe gelangweilt genickt. «Kalter Kaffee.»

«Aber die beste Phantasie, Darling», sagte sie und drehte sich dann wieder um. Das Licht fiel glatt über ihren Rükken, und erst jetzt fällt mir auf, daß sie mich ihr Gesicht bei dem, was jetzt kam, nicht sehen lassen wollte. «Die beste Phantasie hat der Tod. Er bringt dich zum Sprechen. Auf polnisch ist der Tod eine Frau. Hast du das gewußt?»

Ich schreibe das schnell, ohne aufzusehen; ihre rauschhaften Anfälle zu reden, ihr trauriger Hang zur Vollkommenheit, das alles wird deutlicher, je schneller ich schreibe, aber vielleicht ist das meiste davon erst jetzt überhaupt formulierbar, bekommt erst jetzt in meinem Kopf eine klare Struktur. Vielleicht bin ich gefangen in ihrer Art zu sprechen.

Aber unter meinen Fingern scheint nur ihr Rock noch höher zu rutschen, und mein Bedauern darüber, daß ich nie ihre Hüfte berührt habe, nie ihre Schenkel, wird unerträglich.

Vielleicht schreibe ich nur, um meine Hände zu beschäftigen. Der Alte ist mein Alibi. Manchmal halte ich sie still und lege sie dicht nebeneinander, wie er, als könnte ich Marlies mit den Händen sehen.

An unserem letzten Abend habe ich sie überall berührt. Aber das zählt nicht. Das hätte nicht passieren dürfen.

Der Radiowecker in der Küche zeigte vier Uhr. Daniel stellte die Weckzeit auf halb zwei. Dann zog er die Schuhe aus und legte sich auf die Couch, die Arme bequem hinterm Kopf verschränkt. An der Decke saß eine Fliege. Aber die Entscheidung war gefallen, da konnte sich diese Fliege da oben noch so blödsinnig im Kreis drehen. Er blieb der ruhigste Mensch, der je eine Fliege beobachtet hatte.

Nur der Schnorrer zog weiter mit seiner ewigen Litanei durchs Treppenhaus; auch so ein gedrungenes, schmarotzendes Insekt, unerfreulich, weil es von der aufdringlichen Sorte war. Aber das war die Welt außerhalb von ihm, jenseits des Ortes, an dem es nur noch den Alten, isometrische Formeln, Verschwindungsideale und keinerlei Mitleid mit Sozialhilfeempfängern gab. Daniel zog die Wasserflasche vom Kopfende der Couch zu sich heran und machte an dieser Stelle weiter. Das Wasser lief ihm über den Hals, er war nicht geübt im Liegendtrinken, aber seit er die Lösung gefunden hatte, hatte er Durst. Er ließ einen Arm von der Couch baumeln, wobei sein Handrücken den Fußboden streifte, und stellte sich vor, jemand sähe ihm dabei zu. Er wußte auch, wer.

Er starrte an die Decke, und da war sie. Sie brauchte nicht einmal den Mund aufzumachen. Er wußte, wer sie war. Er hatte alle Freiheiten. Niemand war da, ihn zu maßregeln, er mußte keinen Zehenspitzenkrieg gegen die Ansichten des anderen Geschlechts führen, und er hatte fast vierundzwanzig Stunden Zeit.

Sie trug schwarze Nylonstrümpfe mit roten Piratenköpfen darauf. Wegen der Strümpfe waren ihre Röcke kurz, und sollte sie lange Röcke tragen, wären sie an einer Seite bis zum Knie hoch geschlitzt. Sie saß am linken Fenster im Café. Sie saß aufrecht da. Durch ihre Haare zog sich schon Grau, denn er fand, sie sollte älter sein als er, älter wenigstens als Kathleen gewesen war. Er fügte ihr noch die armselig gelbgerauchte Schnorrerhaut hinzu. Aber von dieser Haut bekam sie blaue Finger, und er fürchtete, sie könnten ihr absterben und ins Weinglas fallen. Also ersetzte er das Nikotin durch eine einfache Müdigkeit. Sie saß schon die ganze Nacht so. In den Katalogen, in denen er mit Kathleen geblättert hatte, hatte er eine schwarzwehende Antithese zum feministischen Wahnsinn entdeckt, und die hängte er ihr um die Schultern, ohne herauszufinden, wo oben und unten war. Sie legte den Kopf schief, öffnete leicht die Lippen, feucht aufgeworfene Lippen, wobei die Antithese langsam von ihren Schultern glitt, nacktes Fleisch und Schlüsselbeine, im ganzen ein Hochglanzklischee, einladend, hübsch, aber auch einschätzbar, dachte Daniel, gottverdammt einschätzbar, und haßte sich dafür, nicht wenigstens einmal eine erotische Szene zu Ende bringen zu können. Statt dessen zog er ihr das dünne, netzartige Teil wieder über die Schultern hoch und klopfte es an ihrem Hals fest, damit es schön geschlossen blieb, was sie dankbar annahm. Sie hatte schon zuviel Wein getrunken, und ihre Körpertemperatur fiel. Er mußte sie jetzt reden lassen, entschied er, obwohl es ihn quälte, weil der Gedanke von seiner Mutter hätte sein können und er sich immer nur in ihren Augen selbst sympathisch war.

Vorher stand er auf, um aufs Klo zu gehen. Auf dem Rückweg nahm er die Flasche Jack Daniels aus dem Bambusschränkchen und trank, wobei ihm der Whisky über den Hals lief. Als er sich wieder hingelegt hatte, stellte er die Flasche auf seinem Bauch ab.

Am wahrscheinlichsten war:

Nee, ich steig aus, ich mach nicht mehr mit, es reicht, da kannst du dich auf den Kopf stellen, Darling, bloß weil man was angefangen hat, muß man das noch lange nicht zu Ende machen ..., *inkonsequent?* nee, ich meine: die Kneipe, ja, Goldenes Handwerk, erinnerst du dich? und hast du auch jemals länger als eine Sekunde darüber nachgedacht? siehst du, ich schon, also o. k., dieser Maler, genau, der muß immer wieder die verdammten Fensterrahmen streichen, bis er alt und grau wird, nee, das ist nicht, *manisch* ist das nicht, das ist so was wie Sosnowskij, und? fällt dir was auf? ein Leibeigener, eben, Leibeigenschaft des Namens, er streicht immer wieder neu, damit der Name einen Sinn hat, aber den Sinn *gibt* es überhaupt *nur* wegen des Namens, verstehst du? das hört nie auf, das ist nie zu Ende, ich würde alle Register ziehen, ich würde alles wieder durchlaufen, was ein Mensch je für einen anderen durchlaufen hat, jedes Stadium, und keins davon dauert lange, wie: warum? weil das sonst gar keinen Sinn hat, sonst kapiert die Sache niemand, der Sinn kann doch überhaupt nur verstanden werden, weil er immer schon vom Namen her vorbestimmt ist!

Daniel pfiff durch die Zähne. Das zeigte die Dinge in ganz neuem Licht. Dann fiel ihm ein, daß so etwas niemand hören wollte, alle wollten nur das hören, was ihnen das Denken ersparte, jedenfalls hätte Kathleen das nicht hören wollen. Schon deswegen machte er weiter.

Tanzen? nee, der Maler würde nie anfangen zu tanzen, niemals, wir kennen uns doch nur im Bekannten aus, könnte er? klar, könnte er, er könnte auch Klavier spielen oder sackhüpfen, meinetwegen, aber keine Sau würde ihn verstehen, beim Goldenen Handwerk wird nicht getanzt, schließlich kommt's bei Wahrheiten darauf an, daß man sie versteht, oder?

«Schade, was», antwortete plötzlich jemand aus dem Halbdunkel hinter der Tischlampe. «Daß du dich nur in Idioten verlieben kannst.» Wobei Daniel diese zweite Person nicht deutlich sehen konnte. Zuerst dachte er, es wäre tatsächlich Kathleen oder er selbst. Aber als sich die Person vorbeugte und in den Lichtkreis geriet, sah er weder ein Gesicht noch ihre Gestalt. Er konnte nur die Bewegungen sehen, aber nicht die Form, die sie ausführte. Das war nicht unbedingt logisch. Aber dann fiel ihm ein, daß alle Muster, die die Mathematik erfassen konnte, immer nur statisch waren.

«Na? Was bist du», sagte er in seine Wohnung hinein. «Hitchcock, Marlowes Little Sister oder nur ein Hologramm?» Und überlegte, ob er nicht doch schon mal eine andere Person am Tisch dieser Frau im Vienna hatte sitzen sehen.

Die Fliege lief jetzt störend mitten durchs Bild, quer über die Nylonstrümpfe und durch die Flamme der Kerze auf dem Tisch. Er warf ein Kissen nach ihr.

Da holte die Frau zu einer Ohrfeige aus, was völlig übertrieben war. Aber ihr Gesicht wurde lebendig, munterer, als er es bisher hingekriegt hatte, und sein Schwanz reagierte.

Nur für Darling fand er kein passendes Bild, Agent Sterling fiel ihm sinnloserweise ein, aber das führte nur dazu, daß er die Frau an der Decke bezahlen sah.

Nee, ich hab kein Bock mehr! Daniel! wäre sowieso besser ein Mädchen geworden, ein vorsätzlich mordendes Mädchen, Daniela.

Der Whisky lief ihm über den Hals und in die Achselhöhlen. In unendlicher Verzögerung fühlte Daniel das Whiskyrinnsal unter den Achseln ankommen, seine Beine waren bis zu den Knien eingeschlafen, seine Fingerspitzen taub, sein Schwanz hoch aufgerichtet. Davor stand die Flasche Whisky.

Das war er.

Unter seinen Armen lief der Whisky zu großen, feuchten Flecken auf, über ihm saß die Frau.

Dann löschte er sie weg. Sie war leicht wie ein Blatt. Es trieb bauchoben mit der Strömung auf ihn zu, er fischte es auf und drückte es unter Wasser, mit aller Wut, die sich in Kraft umwandelte wie nach einem physikalischen Gesetz, hielt es, bis es vollgesogen war, schlaff wurde, sich nicht mehr bewegte, endlich still blieb und schließlich unterging.

Dann schlief er ein, und als er erwachte, war es Nacht. Er hatte traumlos geschlafen und wußte auch, was Schlaf und was Vorstellung war. Nur welcher der beiden Dimensionen er sein nasses Gesicht zu verdanken hatte, wußte er nicht.

Als er weiterschlief, träumte er von einem Schlaf, der sich immer verlor und wieder begann.

Am Mittag des nächsten Tages ging er mit Absicht langsam über die Brücke. Er drehte sich mehrmals um, bevor er auf den Kiesweg am Kanalufer einbog und dort weiterschlenderte, bis er das erste einer Reihe von Cafés erreichte. Er räusperte sich in die halbgeschlossene Hand. Das Räuspern kam hohl aus der Hand zurück. Bevor er sich auf den Steintisch im Garten setzte, sah er sich erneut um. Es war November, und ihm war heiß.

«Können Sie mir sagen, wie spät es ist?»

«Nein», sagte der Alte. «Sie?»

«Halb zwei.»

Wie einen Spaziergänger sah er den Alten herankommen, die Steinplatte lag kalt unter seinen Schenkeln. Er hatte sich die Begegnung nur ein einziges Mal ausgemalt. Aber dabei hatte ihn eine viel gewaltigere, körperliche Reaktion gepackt als diese kümmerliche Regung zwischen Kniekehle und Unterleib, die er jetzt spürte, während er auf der Steinplatte saß.

Der Alte hatte eine ruhige Stimme. Wenn man ihm nicht in die Augen sah, war es vorstellbar, er wäre tatsächlich ein Spaziergänger, den man nach der Zeit fragen konnte. Er lächelte in breit auseinanderstehende, aber hängende Mundwinkel. Wenn er aufhörte zu sprechen, wurde sein Sprechen doch fortgesetzt. Er fügte den Worten ein rhythmisches

Husten an, ein Scharren, tief aus der Stimme hervor, die wie aus einer Grotte kam.

«Und wann macht der Laden hier auf?»

«Ich glaub, um drei. Steht jedenfalls auf dem Schild da.»

«Welches Schild?» fragte der Alte.

«Drüben am Eingang.»

Am liebsten wäre er mit dem Jungen einen Kaffee trinken gegangen. Er wußte, der Junge würde zum Kaffee Milch und Zucker nehmen. Solange sie noch nicht dreißig waren, hatten alle Jungen, die er gekannt hatte, den Kaffee mit Zucker getrunken. Aber sie wurden trotzig, sobald sie die Kontrolle verloren, und deshalb würde der Junge nicht einwilligen. Die Sonne zeichnete ihm einen scharfen Zacken unter die Nase, und er hatte sich auf seine Hände gesetzt, so daß der Alte nicht erkennen konnte, wie schlimm es war und ob er vielleicht zitterte.

«Nicht zu kalt auf dem Stein?»

«Kalt?» fragte der Junge.

«Sind noch anderthalb Stunden.»

«Es gibt noch andere Cafés weiter unten. Es gibt noch das Café am Ufer. Das Ghosh und dann drüben auf der anderen Seite das Vienna. Die haben schon auf. Die haben da auch Frühstück», sagte der Junge.

Seit heute morgen hatte der Alte eine große Strecke zurückgelegt. Er war früh aufgestanden, weil ihm der Junge keine Ruhe ließ. Schneller als sonst war er die Weserstraße hinaufgegangen. Dabei fiel ihm die Sonne auf, die als Rinnsal durch die Ritzen des Kopfsteinpflasters lief, und der Bulli, der vor der türkischen Bäckerei entladen wurde. Er versuchte sich zu erinnern, wo er den Jungen das erste Mal gesehen hatte oder wie lange er ihn schon kannte. Beides fiel ihm nicht ein. Nur die Umrisse, in denen er Christophorus sah, wurden in der Nähe des Jungen deutlicher, und das war das einzige, worauf er sich verlassen konnte.

Er war über den Hohenstaufenplatz gegangen. Auf dem Spielplatz hatte er sich kurz auf eine Bank gesetzt, bevor er weiter zum Haus des Jungen gelaufen war und vor dem Hauseingang gezögert hatte. Eine Frau kam aus der Tür. Als er über ihre Schulter hinweg in den Hausflur hineinsah, lehnte das Fahrrad des Jungen noch an der Wand. Also hatte er beschlossen, einen Umweg zu machen und noch eine Brücke weiter zu gehen. Er konnte dann an der anderen Uferseite entlang zur Admiralsbrücke zurückkehren, und dort hatte der Junge auf einem Steintisch in einem der Vorgärten gesessen. Zuerst hatte er gedacht, auch das wäre nur eine Einbildung.

«Noch nicht gefrühstückt?» fragte er vorsichtig.

«Doch. Klar. Ich dachte nur, wenn Sie ein Café suchen, gehen Sie am besten ins Café am Ufer. Da ist auf jeden Fall offen, weil es dort ja Frühstück gibt.»

Er sah, wie der Junge zu ihm zurücksah, leicht von unten herauf, wie der Hals unsicher den Kopf hielt in dem viel zu großen Jackenkragen, und die grüngestrichene Hauswand dahinter. Und es war Kristian, den er sah.

Die Luft schien auf einmal sperrig, sie zwängte ihn ein. Er öffnete den Mantel und mußte husten und fürchtete noch, sich wieder getäuscht zu haben. Es war unwahrscheinlich, jetzt, am Ende seines Lebens, plötzlich Kristian zu sehen, nachdem er ihn in all den Jahren in so vielen verschiedenen Gesichtern so vergeblich gesucht hatte.

Er hatte Kristians blonden Kopf mit anderen verwechselt, er hatte seine Gesten in fremden Kindern wiedererkannt, ein paarmal war es ihm sogar gelungen, ihn in den Augen eines Schwarzhaarigen und in einem Mädchen zu sehen. Aber mit der Zeit hatte er die Kinder immer oberflächlicher betrachten müssen, um eine Ähnlichkeit in der Art, wie sie gingen oder lachten, mit Kristian zu entdecken. Dann war Kristian älter geworden, und er hatte begonnen sich vorzustellen, wie junge Männer, denen er begegnete, mit zehn gewesen waren.

Der Husten hörte auf, und immer noch war es Kristian, den der Alte sah, Kristian, der in der glänzenden Bomberjacke vor ihm auf der Steinplatte saß. Die Bomberjacke bildete die Form seiner Arme und seinen Brustkorb aus, der vom Segeln vorgewölbt und kräftig war. Aus dem Gesicht des Jungen traten Kristians robuste Nase und die Wangenknochen hervor, das Gesicht war vollkommen identisch. Es war ein Wunder.

Es war, als hätte er Kristian schon aus der Ferne erkannt,

während die anderen Väter, die neben ihm am Tor warteten, ihre Kinder noch nicht von der wilden Horde auf dem Sportplatz hatten unterscheiden können.

Der Unterkiefer des Alten zuckte manchmal. Ein reptilhaftes Schnattern, das Daniel wünschen ließ, er hätte sich doch nicht auf diesen Steintisch gesetzt. Die Lippen schnappten über das Gebiß, und er zog den Speichel ein, der ihm in die Mundwinkel gelaufen war.

«Warum nicht zusammen frühstücken?» fragte der Alte dann.

«Ich hab doch gesagt, ich hab schon gefrühstückt. Ich muß jetzt auch mal los.»

Daniel stand nicht auf. Ihm fiel ein, daß das Ufer sicherer war als jeder andere Ort. Er hörte, wie sie hinter ihm schon die Fensterläden entriegelten.

Der Alte war unschlüssig, wechselte das Gewicht von einem Bein auf das andere, kramte in den Manteltaschen. Er zögerte, und Daniel spürte, wie er gemustert wurde, langsam, von den Brauen über den Hals, den Brustkorb zum Magen hinunter, als wäre der Alte in der Lage, die Lüge über das Frühstück am schlechten Sitz seiner Jacke festzustellen.

«Brauchen doch keine Angst vor mir zu haben!» sagte der Alte. Die Haut unter seinen Augen spannte über den Knochen. «Kann verstehen, daß Sie nervös sind.»

Daniel spürte, wie der Schweiß auf seiner Stirn sofort beim Austreten an der kalten Luft erstarrte. Eine Kindergartengruppe kam das Flußufer entlang, hinter dem Rücken des

Alten, und Daniel zählte die Kinder in ihren bunten Jacken, eins, zwei, drei, vier, die Kindergärtnerinnen.

Er sah, wie der Junge ruhiger wurde, Lippen wie Rosenblätter, dachte er, Lippen wie Rosenblätter an kaltseidenen Jungs, und für einen Moment fiel Nebel vom Himmel, direkt in die Brandung unter seinen Augäpfeln, und dazwischen sah er eine Stirn und Haare und eine Mundpartie, die immer wieder von Schaumkämmen geschluckt und weggerissen wurde, Lippen, die von innen zusammengezogen und wieder aufgeschwemmt wurden, Lippen wie Rosenblätter.

Er stand auf dem Kutter der *Erfurt*, der überholte in den Wellen, und vor sich und hinter sich und überall hatte er das Wasser. Das Wasser drückte seine Finger auseinander wie Gras. Es schoß über die Holzplanken und setzte den Kutter nach jedem Luftschwung mit einem Krachen wieder an seiner steinharten Oberfläche auf. Er hatte Befehl gegeben, den Kutter zu Wasser zu lassen. Der Kutter hatte minutenlang an den Davits im Sturm gehangen und gefährlich geschaukelt, bevor er, nur noch ein schattenhaftes, zerbrechliches Gerippe in der Tiefe, auf dem Wasser aufgeschlagen war. Das Kommando über die *Erfurt* hatte er dem Ersten Wachoffizier übergeben, zwei Obermaate und der Maschinist waren mit an Bord des Kutters gekommen.

Jetzt waren seine Hände ruhig. Er hatte die Koordinaten der Position im Kopf, während neben ihm und vor ihm Schaum aus der Dunkelheit fiel und über die Wellen trieb.

Die Wellenkämme rissen längsseitig auf, neue Wellen rasten auf ihn zu, stürzten die Bordwand hinab. Sekundenlang verlor er die *Erfurt* hinter hohen Schaumkronen aus den Augen. Er hielt das Ruder mit beiden Händen. Nichts war noch gefährlich an diesem Sturm, nicht für ihn selbst.

Es war ein einziges Gesicht, das er suchte. Und es war dieses Gesicht, das er in der Dunkelheit auf dem Wasser nicht finden würde. Er stemmte den Kutter gegen die Wellen, als wollte er nicht aufgeben, und hatte es doch von Anfang an gewußt. Ihm allein war klar, wie sinnlos es war, noch weiterzusuchen. Schon die Suchscheinwerfer setzen zu lassen war ein überflüssiger Befehl gewesen. Trotzdem hatte er auch den Kutter noch klarmachen lassen, obwohl er bei diesem Seegang damit nicht nur den Kutter, sondern auch das Leben der Matrosen und sein eigenes riskierte. Das Wasser raste ihm durch die Finger, drückte sie weg, und plötzlich konnte er nicht mehr zupacken, als läge all sein Selbstvertrauen in den Händen und er hätte es gerade verloren.

Die Tabletten, dachte er. Die Tabletten. Die Tabletten auf dem Küchentisch. Er dachte, die Tabletten, die ich heute auf dem Küchentisch vergessen habe. Er hatte sie heute morgen auf den Küchentisch gelegt, und dort hatte er sie liegengelassen. Und da ließ die Brandung nach, und der Nebel zog weg, und vor ihm saß der Junge. Er saß auf seinen Händen, und der Alte sah, wie unbequem das war und daß der Junge sich trotzdem nicht rühren konnte. Und er dachte, daß das die Angst war. So durchsichtig und geschliffen, wie sie war, wenn man sie zum ersten Mal spürte.

Wenn ihn später jemand gefragt hatte, hatte er immer gesagt, daß Kristian in dem Moment, in dem er auf dem Wasser aufschlug, tot war. Er hatte gesagt, der Junge sei schon tot gewesen, bevor er den entscheidenden Befehl gegeben hatte. Aber das war eine Lüge.

«Was sollte das mit dem Brief?» hörte der Alte. Aber erst als er eine Weile darüber nachdachte, begriff er, daß der Junge diesen Satz gerade gesagt hatte.

«Brief?»

«Den Sie mir geschrieben haben: zwei Uhr am Ufer.»

«Ich? Jahre her.»

«Vor drei Tagen», hörte der Alte. «Ich habe diesen verdammten Brief vor genau drei Tagen gekriegt.»

«Schon Jahre keinen Brief mehr geschrieben.»

«Sie haben mir einen Brief geschrieben.» Der Junge schrie. Gleichzeitig schien er den Satz zu buchstabieren. Oder es kam ihm über dem Toben des Wassers nur so vor, als würden die Töne über riesige Wellenberge hinweg verzerrt und auseinandergerissen. «Sie verfolgen mich, Sie beobachten mich, Sie lauern mir auf und hetzen mir die Post auf den Hals, Sie haben meinen Namen falsch geschrieben!»

«Wie heißen Sie denn?»

«Ha! Glauben Sie, ich hätte Sie nicht längst durchschaut? Das wissen Sie doch. Aber Stillmann hat nicht nur ein l.»

«Ein l», wiederholte der Alte in das Tosen der Brandung hinein, die wieder über ihn hinwegschoß und Kristians Gesicht wegzureißen drohte. Er versuchte zurückzukehren, er versuchte, sich Navigationsinstrumente und Kompaßrose vorzustellen, um von da aus das Schiff und das Tosen des Sturms zu verlassen und die Altbauten und die grüne Hauswand hinter dem Jungen und den Jungen wiederzusehen. Aber aus dem grün leuchtenden Kompaß zwischen den Navigationsinstrumenten vor ihm trat unübersehbar das blasse, durchsichtige Gesicht seines Sohnes hervor, und in dem orangefarbenen Ölzeug, das ihm der Obermaat geliehen hatte, kippte es weg, die Lippen so schwarz wie die Ostsee, die weiter gegen die Stahlplatten tobte. Die rechte Schraube zog steuerbord Wasser, während das Schiff stampfend drehte und es nach hinten wieder rauswarf, und sein Sohn wurde im Schraubenwasser umgewirbelt und unter das Schiff gesogen, hinein in das gleichmäßige Rotieren der Schraube.

Er hörte das entscheidende Kommando, er hörte es aus anderen Kommandos, aus dem Tosen der Maschinen und dem Rasen des Sturms heraus: «Steuerbord dreißig in Ruderlagewinkel!» Er hörte sich ein Kommando geben, woraufhin die *Erfurt* gedreht hatte und der Sog im Wasser erst entstanden war.

«Steuerbord dreißig liegt an!» Die Kompaßrose reagierte mühelos, drehte, bis der Peilstrich exakt die Position angab, der Sturm hatte das Schiff nicht in seiner Gewalt, und da fing er an zu brüllen. Aber niemand, weder der Wachoffizier noch der Rudergast, drehte sich zu ihm um. Und er begriff, daß er wieder in seine Vorstellung geraten war, und legte eine Hand vor den Mund, weil er nicht wußte, ob auch das Brüllen nur in seiner Vorstellung oder ob es echt gewesen war, und er den Unterschied auch im Gesicht des Jungen nicht erkennen konnte. Der Junge kaute nervös auf den Lippen, aber das hatte er die ganze Zeit schon getan.

«Dachte, wir könnten vielleicht ...»

«Nichts könnten wir.» Der Junge starrte ihn an. «Ich will, daß Sie verdammt noch mal abhauen, klar?» flüsterte er. «Verschwinden Sie!»

Sein Gesicht war weiß und zeigte keine Regung, außer der erschöpfenden Anspannung aller Muskeln. Er mußte jetzt bei dem Jungen bleiben, er mußte sich auf ihn konzentrieren, dachte der Alte, und nicht auf das Schiff, er war wach genug, es ging ihm gut, er hatte seit Jahren nichts mehr getrunken. Die Zeit, als er seine Stimme mit Goldbrand verfälscht hatte, lag weit zurück. Inzwischen hatte er sich längst wieder an ihren Klang gewöhnt, auch wenn ihm das Kommando immer noch durch den Schlaf glitt wie ein Fisch, *steuerbord dreißig in Ruderlagewinkel*, und er es auch hörte, wenn er nicht schlafen konnte. Aber es war doch, seit ihm Christophorus erschienen war, erträglich geworden. Nur erholt hatte er sich davon nie, und es hatte auch nichts geholfen, daß der Wind mit Stärke elf, in Böen zwölf, getobt hatte und in der Nähe der Insel Oie in jener Nacht noch zwei weitere Matrosen über Bord gegangen waren.

Noch am Nachmittag war der Himmel blau gewesen. Er war so glasig blau, daß der Mast mit den Ortungsanlagen darin zu verschwinden schien. Die Luft flimmerte, und der hellgraue Mast und die Farbe des Himmels waren ineinandergeschwommen, und er hatte die Augen zusammengekniffen, um beides, Mast und Himmel, noch voneinander unterscheiden zu können. Mit einer Stoppuhr hatte er hinter dem Rudergänger gestanden, als sie ausliefen. Die Peene war ein schwieriges Gewässer und die einzige, schmale Verbindung zur Ostsee. Sie hatte Untiefen und Biegungen, und er gab den Kurs jedesmal mit Stoppuhr an. Am sichersten gelangten sie die Peene hinauf ins Meer, wenn er die Entfernungen zwischen den Untiefen in Minuten berechnete und den Kurs dann auf eine Geschwindigkeit von sechs Knoten abstimmte. Aber diesmal war der Himmel so blau gewesen, daß er trotzdem bemerkt hatte, wie glatt die Mastspitze durch ihn hindurchging.

«Easy, easy», sagte Daniel. Aber als das nichts half, schrie er: «Lassen Sie mich los! Sie sollen mich loslassen!»

«Nicht weglaufen.»

Das merkwürdigste war der Geruch, den Daniel erst jetzt wahrnahm, wo ihn der Alte mit ungeahnter Kraft am Ärmel gepackt hatte. Es war ein angenehmer Geruch, kein Parfüm und keins der aufdringlichen Rasierwasser, an denen man die Erstsemester auf den Gängen der Uni erkannte. Der Alte roch nach Stoff und Körper. Er roch, als müßte, wenn er sich auszog, mit der Kleidung auch sein Körper verschwinden. Der Geruch verwirrte ihn, und er vergaß, daß er dem Alten ein Ultimatum stellen und bei Nichteinhaltung mit einer Anzeige drohen wollte.

«Seien Sie nicht unvernünftig. Will Ihnen doch helfen. Glauben Sie mir.»

«Helfen?» schrie Daniel und erschrak wieder über seine

weibische Stimme, diesen unerträglich hohen Tonfall, und setzte tiefer hinzu: «Warum mögen Sie mich denn so sehr?»

Er hatte gehofft, ironisch zu klingen. Aber er spürte für einen Moment nur, wie er sich an diesen Geruch lehnen, ihn um sich herum schließen wollte wie den Mantel, und drückte den Alten mit aller Kraft von sich.

«Warum so eilig?» fragte der Alte.

«Scheiße.»

«Sie können doch nichts dafür. Manchmal kann man nichts dafür. Nützt doch niemandem, dann die Nerven zu verlieren.»

Er sah den Jungen kurz und flach atmen und hoffte, daß nicht am Ende er selbst es war, der die Nerven verlor. Der Kanal mit seinen weiß gefächerten Eisschollen trieb hinter dem Kopf des Jungen, und er fürchtete, daß der Nebel wiederkommen und ihn einhüllen und von dem Jungen entfernen würde. Aber er sagte sich, daß er sich nur auf die Handgriffe konzentrieren mußte, mit denen er Kristian aus dem Wasser fischen wollte, behutsam, denn er mußte sehr aufpassen wegen der Brüche, die der kleine Körper sich bei seinem Sturz über Bord zugezogen hatte.

Daniel sprang von der Steinplatte. Er hatte gedacht, der Alte wäre kleiner als er, gebückter, schon deshalb, weil er weißhaarig war. Aber jetzt stand er genauso vor dem Alten, wie er vor der Bäckersfrau stand: auf Zehenspitzen. Zum ersten Mal im Leben wünschte er sich, er wäre jemand anders. Ginge als Kind hier entlang, als Bauarbeiter oder als Frau.

Er konzentrierte sich. «Was wollen Sie von mir?»

Der Alte konnte sich nicht vorstellen, wie er den Jungen in seine Wohnung bringen sollte, ohne ihm zu drohen. Er hatte es nicht vorgehabt, und der Junge würde sich weigern. Aber als es ihm jetzt einfiel, war es eine schöne Vorstellung, den Jungen auf seinem Sofa zu haben, die Knie fast auf Kinnhöhe, weil das Sofa so niedrig war, und ihm zu erklären, daß alles niemals nur aus einem einzigen Grund geschah.

Und er hoffte, Christophorus würde auftauchen, versteckt hinter dem Baum auf der gegenüberliegenden Uferseite, und ihm andeuten, ob er dem Jungen vielleicht eins von seinen belegten Broten anbieten sollte oder ob ihn das nur noch mißtrauischer machen würde. Er kannte sich mit Kindern nicht aus. Sie wischten ihm zu schnell durch die Beine. Und dann blieb ihre Aufmerksamkeit schon am ersten Hindernis wieder hängen. Er war verunsichert, wenn er ihre plötzlich ausbrechenden Tränen sah, die ebenso plötzlich versiegten, und von der Unberechenbarkeit ihrer Launen. Er sah sie gern unter einem Wimpel in Zweierreihe über den Sportplatz oder die Allee entlanglaufen, was seine Frau mißbilligt hatte. Aber seine Frau war jetzt nur noch ein Foto auf seinem Nachttisch in der Weserstraße. Ihre Zähne hatten die Farbe verändert und waren zu gelben Flecken geworden. Kristian sah man auf dem Foto von hinten. Er hing an ihrem Körper, als wollte er an ihr emporklettern, und seine Frau lachte, und er konnte sehen, daß es ihr gefiel.

Vor diesem Foto fühlte er sich wie ein Klotz, manövrierunfähig, und schließlich hatte er das Foto zur Wand gekehrt und drehte es auch nur selten wieder um.

An jenem Nachmittag war sein Sohn mit einem Freund auf einer vollgeschlagenen Segeljolle getrieben, und als ihn die Meldung erreichte, hatte er geflucht. Die Jolle trieb südöstlich von ihnen, nahe der Insel Oie vorbei. Sie lag tief im Wasser, und er sah die beiden Jungs winken und hatte zuerst überlegt, einen Funkspruch abzusetzen. Aber es hätte Stunden, vielleicht bis in die Nacht hinein gedauert, ehe ein weiteres Boot den Hafen verlassen hätte und die Peene hinaufgekommen wäre. Er hatte Kurswechsel angeordnet und dann neben der Jolle beidrehen lassen, war aber auf der Brücke geblieben. Von dort hatte er beobachtet, wie zuerst die Jungs und dann das havarierte Boot an Bord gehievt wurden. In ihren blauen Trainingsanzügen standen sie schlotternd an Deck, auf Brust und Rücken leuchtete der gebogene Schriftzug *TZ Segeln Peenemünde*, der mit den Trainingsanzügen durch das Salzwasser aufgeweicht und riesig geworden war, und er hatte sich dabei ertappt, wie er fast verträumt daran dachte, daß der linke sein Sohn war.

Im selben Moment hatte Kristian vom Oberleutnant weggesehen, der vor ihnen auf und ab ging. Er hatte an der Standpauke des Oberleutnants vorbei zur Brücke hochgesehen. In seinem Gesicht verschmierten Rotz und Tränen und die Algen der Ostsee. Vielleicht waren die Jungs mehrere Stunden auf dem Wasser getrieben, hatten versucht, ihre Jolle wieder klarzubekommen, und waren nervös geworden, weil sich das Land immer weiter von ihnen entfernt hatte. So ein Kind mußte das alles viel schneller zermürben. Aber da hatte er, der Kapitänleutnant, hastig nach dem Kursbesteck gegriffen, auf der Seekarte den Kurs abgesetzt und nicht zurückgesehen, dabei waren die Fensterscheiben doch aus getöntem Glas.

«Sehen Sie sich das an!» hatte er den Rudergast beschimpft. «Unsere Helden von morgen. Als bräuchte man dafür nur eben mal aufs Meer raussegeln. Und dann saufen sie beim kleinsten Windstoß ab! Genau das, was wir jetzt gebrauchen können, was, Obermaat? Grünschnäbel bei einer militärischen Übung.»

Der Obermaat, der neben ihm stand, um die erfolgreiche Bergung zu melden, hatte statt der Meldung zu ihm gesagt: «Genosse Kapitänleutnant, erlauben Sie, daß ich mich persönlich um die beiden kümmere!»

«Danke, Obermaat, machen Sie schon!»

Er war entlastet und auch erleichtert gewesen, und doch war die leere Stelle geblieben, die ihn daran erinnerte, daß er es versäumt hatte, seinem Sohn das schwarze Halstuch zu schenken und ihm zu zeigen, wie man es band, wenn man Matrose war.

Die Trainingsanzüge wurden in der Verschalung des Schornsteins getrocknet, zwischen den Rohren mit aufsteigendem Kesseldampf, und gegen Abend hatte der Himmel sich zugezogen, und der Obermaat hatte die Jungs hinunter in die Kojen geschickt.

Das Blau des Himmels sah der Alte immer noch vor sich, wie es in die Nacht hineinrann und sich dort in einen tosenden Sturm verwandelte und über der Ostsee entlud.

Jede Sekunde dieser Nacht war er unzählige Male durchgegangen, bis sie ihm wie die Sekunden im Leben eines anderen vorgekommen waren. Aber schon bei der kleinsten Unaufmerksamkeit fiel ihm die ganze Geschichte wieder in den Rücken, stellte ihn erneut auf die Brücke der *Erfurt*, deren stumpfer Bug in dieser Nacht bis zum Rolldeck hinunter ins Wasser stieß und sich nur mühsam wieder hochkämpfte. Brecher schlugen über die Bordwand. Der Seegang wurde so stark, daß die Maschinen heißliefen. Er schickte den Oberleutnant in den Maschinenraum und ließ ihn die vier Maschinen abwechselnd betreiben. Mit kleiner Fahrt kämpften sie sich voran, und wenn die Temperatur der einen Maschine 100 Grad erreichte, wurde sie abgeschaltet und durch die nächste ersetzt.

Zwischendurch kamen immer wieder Matrosen aufs Brückendeck, mit grünen Gesichtern und kotzend, und er mußte sich anstrengen, um nicht nach seinem Sohn zu fragen. Er wußte, daß die Luft in den engen Kojen jetzt stand, ein Gemisch aus Abgasen und Ausdünstungen, und dann dachte er, dieses Wetter war viel besser als jede Standpauke. Auch nach Stunden ließ der Seegang nicht nach. Der Politoffizier, der mit ihm auf der Brücke war, schlotterte und hatte schon seit einer Weile nichts mehr gesagt. Er stand neben ihm, vorn bei den Instrumenten, und klammerte sich am Bord fest, daß die Knöchel weiß leuchteten. Irgendwann, als das Zeitgefühl schon an den Sturm verlorengegangen war, schickte er ihn zum Smut mit dem Befehl: «Gefechtsstullen schmieren!» Der Politoffizier drehte sich heftig zu ihm um. Durch den Lärm rief er ihm zu, die Verpflegung der Soldaten gehöre nicht zu seinem Kampfauftrag und die Partei sei auf der Brücke jetzt wichtig, und er weigere sich, sie durch so einen blödsinnigen Befehl zu gefährden, und da brüllte er ihn an, daß Befehlsverweigerung verdammt noch mal bestraft würde, das gelte auf seinem Schiff auch fürs Politbüro! Hochrot riß der Politoffizier die Tür auf und stürzte hinaus, wo ihn der Sturm jede Treppenstufe des Niedergangs, die er bewältigt hatte, wieder hochzutreiben schien, bis er aus dem Blickfeld verschwand. Kurz danach kam das Signal «Mann über Bord an Steuerbord!».

Der Obermaat riß die Tür auf mit einem Gesicht, das naß von Schweiß und der Gischt war, die bis zum Signaldeck hochsprühte, und in dem noch etwas anderes stand, das er nicht so schnell begriff.

Der Alte sah den Obermaat vor sich, mit seinem redenden Mund, von dem es tropfte. Auch aus den Ohren und von der Nase tropfte es und aus den Haaren in seinen Nakken, und er sah ihn reden. Aber jedesmal in diesem Moment blieb die Rede stumm. Das einzige Mal, wo man es braucht, dachte der Alte langsam, wird alles, was man weiß und gelernt hat, immer umsonst sein.

Jedesmal mußte er in die Rede des Obermaats nachträglich die Worte einfügen, die ihm am wahrscheinlichsten vorkamen. «Genosse Kapitänleutnant», ließ er den Obermaat melden, «Ihr Sohn ist nicht unter Deck. Auch sonst kann ich ihn nirgendwo finden! Ich fürchte ...» Erst da wußte er, was das in seinem Gesicht noch war, und ab hier verlief alles wieder ohne Unterbrechungen.

«Steuerbord dreißig in Ruderlagewinkel!» fuhr er dem Obermaat dazwischen.

Die Kompaßrose reagierte. «Steuerbord dreißig liegt an!»

«Kutter klarmachen zum Ausbringen! Suchscheinwerfer setzen! Eins WO, Sie übernehmen das Ruder! Und Sie, Genosse», er packte den Obermaat an der Schulter und schob ihn hinaus ins Unwetter, «Sie kommen mit.»

Das geschah im geübten Befehlston. Aber schlimm war es, am Ende dieser Gedanken anzukommen und dann zu denken, daß er nicht aus Versehen oder Überanstrengung den Befehl zum Ruderlegen gegeben hatte. Die hohe Kunst eines Manövers bestand darin, jede Einzelheit im Auge zu behalten. Das war schwierig wie das Verspleißen zweier Stahltrossen. An jedem Manöver hatte er allerdings auch ein grundsätzlich technisches Interesse, das durch keine Gefahr zu beeinträchtigen war, eine Neugier, die er jedoch der Sicherheit an Bord immer fraglos untergeordnet hatte. Und doch war er nicht sicher, ob nicht während der Sekunde dieses Befehls kein anderes Interesse mehr für ihn existiert hatte.

Tausendmal hatte er versucht, sich seine Handlung genau anzusehen, um zu verstehen, was er in diesen Sekunden wirklich gedacht hatte, und immer wieder war sie ihm aus dem Zentrum seiner Gedanken weggerutscht. Die wenigen Male, wo er doch kurz davor gewesen war, eine Bedeutung darin zu erkennen, irgendeine sinnvolle Begründung zu formulieren, hatte er nur eine feste, glatte Fläche erkannt, die von einem Blau war, das jedes Blau auslöschte, so, wie der Himmel an jenem Nachmittag.

Heute war die Polizei da. Es war lästig. Ich kann Menschen kaum noch ertragen. Ich will niemanden sehen. Schon gar nicht die Polizei. Wenn Besuch kommt, warte ich nur darauf, wieder allein zu sein. Ich lebe mit Marlies und einer Kerze, die auch nachts brennt, eingeschlossen in unsere Geschichte im Radius des Kerzenscheins. Ich warte darauf, daß es Abend wird. Dann kann ich ins Bett gehen. Unter der Decke ist sie mir am nächsten, es ist unterwasserstill, mein Kopf ist dunkel, und mein Körper fährt herunter auf eine gleichbleibende stumme Traumlinie. Manchmal denke ich, es ist am besten so.

Eines Tages versammelt sich alles, was man gegen die Welt an Phantasie aufbringt, in einem einzigen Menschen, und dann lebt man besser von der Ferne zu ihm.

Die Polizisten nehmen den Fall jetzt ernst. Sie waren zu dritt, ihre Stimmen dröhnten, und meine Wohnung war mir plötzlich zu eng. Da fragen sie, wie gut ich Marlies gekannt hätte! Was soll denn heißen: wie gut? Man kann eine überschaubare Menge von Eigenschaften aufzählen, Eßgewohnheiten, Konfektionsgröße, Lieblingsvokabeln, bevorzugte Waschmittelsorten. Aber alles, was man dann hat, ist schon wieder nur eine Studie, die bestenfalls dazu dient, einen neuen Charakter zu entwerfen. Mit Marlies hat das nichts mehr zu tun. Die Polizei sitzt da demselben Irrtum auf, der in dem Glauben steckt, man könne in einem aufgebahrten Toten den lebenden Menschen wiedererkennen, man müsse ihn nur getreu einem aktuellen Foto schminken lassen.

Ich konnte ihnen jedenfalls nicht weiterhelfen. Ich habe zum Zeitpunkt, als Marlies verschwand, am Schreibtisch gesessen. Der Alte ist mein Zeuge. Das hab ich ihnen gesagt. Ich war noch so bei Daniel, mit dem ich nicht vorankam, daß ich den Fehler nicht gleich bemerkte. Dann habe ich überlegt anzurufen, aber inzwischen kommt mir der Fehler zu belanglos vor.

Sie werden schon mitkriegen, daß es den Alten, den ich meine, nicht gibt, auch wenn er die einzige ernstzunehmende Figur ist, wo heute nur die vergangene Wirklichkeit noch Wirklichkeit hat. Das habe ich Marlies immer klar machen wollen.

«Ernst zu nehmen? Leider», hat Marlies darauf geantwortet. «Aber nicht mehr überlebensfähig.»

Ich habe also nicht angerufen. Wahrscheinlich denken sie sowieso, ich wolle mich nur wichtig machen auf Kosten einer Toten. Letztlich waren sie nur routinehalber an mir interressiert. Viel schlimmer ist die Tatsache, daß Marlies' Verschwinden vielleicht mit einem bislang unaufgeklärten Mordfall in der Stadt in Verbindung steht.

Dieser Gedanke macht mich nicht glücklich, und nachts sehe ich Marlies, wie sie im Kanal versenkt wird.

Es wäre gegen ihren Willen gewesen, Daniel mit zum Alten zu schicken. Wir haben nie über den Ausgang der Geschichte geredet, aber ich weiß, daß sie Daniel auf keinen Fall in die Wohnung des Alten hätte gehen lassen.

Ich bin ihr deswegen nicht böse. Im Gegenteil. Es rührt mich, wie sie ihre Figur beschützen wollte, was ihr mit Männern nie gelungen ist. Daniel hat sie schon immer viel besser gekannt. Sie kannte seine Ängste und die verborgenen Stellen, die ihm selbst verschlossen waren.

Aber mich engt das ein. Ihre Vorstellungen sind nicht meine. Es kommt mir vor, als müßte ich in Daniels Figur passen wie in den vorgefertigten Anzug einer ihrer Männer. Und das mache ich nicht mit. Ich werde versuchen, das zu umgehen.

Daniel saß auf der Couchgarnitur einer Neuköllner Altbauwohnung. Durch das schmale Fenster kam kaum Licht. Es roch auch hier so zurückhaltend nach Stoff und Wärme, wie die Kleidung des Alten gerochen hatte.

Der Alte ging zur Stehlampe und zog an einer Schnur, die unter dem gelben, wie gegerbten Schirm hervorsah, die Nachbildung von Pergament, dachte Daniel, von Haut, dachte er dann und glaubte ein Lächeln in den Augen des Alten zu sehen, als das Licht anging. Nur die Mundpartie blieb unverändert starr und künstlich.

Aber er schwitzte nicht mehr. Er wollte jetzt Klarheit. Im

Angesicht dieser Klarheit hatte er nicht mal Angst. Er wußte, er müßte jetzt Angst haben. Aber er hatte keine. Er fragte sich sogar, wie man das machte, Angst zu haben, wie er das in den letzten Tagen gemacht haben sollte. Jetzt war er so konzentriert, daß selbst der Gedanke daran vollständig abwesend war.

Der Alte klappte die Theke einer Hausbar aus der Schrankwand. Sie war innen verspiegelt, und Daniel sah den Alten nach mehreren gleichaussehenden Flaschen greifen, die, als er sie herausgenommen hatte, nur noch eine Flasche war. Er füllte eine helle Flüssigkeit in zwei Gläser, von denen er eins Daniel gab.

«Feier des Tages», murmelte er.

«Nee danke.»

«Nimm Salz. Zum Tequila nimmt man Salz.»

«Ich trink so was nicht.»

Die Hände des Alten waren halb unter zu langen Ärmeln verborgen, und er wachte über diese Hände, als seien auch sie Reptilien, die bei der kleinsten Berührung zuschnappten.

Daniel stellte das Glas auf den Tisch zurück, ohne zu trinken. Ein halbdunkles Licht hing im Raum, das Unschärfe aus den Möbeln zog, aus dem Tisch und den Polyester-Deckchen darauf.

«Mach's dir bequem.» Der Alte zog die Schultern hoch. «Sind auch noch Chipsletten da, können ruhig gegessen werden ...»

Auf dem Weg hatte der Alte angefangen, ihn zu duzen. Daniel war nicht darauf eingegangen. Er hatte versucht, jede

Art der Anrede zu vermeiden, und sich eingeredet, es sähe nur so aus, als folgte er dem Alten. In Wirklichkeit trieb er den Alten vor sich her.

Als der sich jetzt zum Schrank hinunterbückte, überlegte Daniel zum ersten Mal, ob das Mädchen stranguliert worden war, bevor man sie ins Wasser geworfen hatte, oder ob sie einfach erstochen oder bewußtlos geschlagen worden war. Letzteres machte zweifellos den größten Lärm, und dann zuckte er zusammen, denn er wußte, daß es ein Mädchen war.

Er konnte den Anblick dieses Jungen nicht lange ertragen. Er hätte dann zu ihm hinübergehen und seine Wange berühren müssen, sein Kinn, seine Haare. Der Junge trug die Haare, als kümmerte er sich nicht darum. Dann fiel ihm das Tuch wieder ein, das er als Matrose bei Aufmärschen und zu Paraden getragen hatte und das jetzt im untersten Schubfach der Schrankwand lag. Er war froh, auf diese Weise noch einen Aufschub zu bekommen, bevor er sich wieder dem Jungen zuwenden mußte, und stützte sich mit einer Hand am Schrankaufsatz ab. Als er vor dem Schrank kniete, spürte er, daß eine Sicherheitsnadel aufgegangen war. Er steckte sie umständlich fest. Das Tuch hatte er vor Jahren reinigen lassen und dann, so sorgfältig gefaltet, wie es aus der Reinigung gekommen war, in diese Schublade gelegt, und dort lag es auch jetzt, als der Alte mit einer Hand hineinfuhr.

Als er sich dem Jungen gegenüber in den Sessel setzte, deckte er die Hand mit dem Tuch über die Stelle in der Armlehne, an der das Kunstleder aufgerissen war. Er hörte, wie der Junge schwieg, und er hörte, wie auch er schwieg, und verstand, daß keiner von ihnen wußte, wie es jetzt weiterging.

Er schob dem Jungen eine halbe, angetrocknete Zitrone zu.

«Hier. Mußt dir was reinmachen. Schmeckt sonst nicht.»

Für kurze Zeit wußte Daniel nicht, was er in der Hand hielt. Er starrte auf die seltsame Form, die knittrig war wie eine Frauenbrust, die fror.

Die Spitze der Brust hatte sich im Wasser vor Kälte zusammengezogen.

Eine Blüte. Eine Warze.

Zwei mögliche, einander widersprechende Antworten.

Dann drückte er die Zitrone in sein Glas, ohne zu trinken. Er drückte eine Zitrone in sein Glas, die die frierende Brust seiner Freundin war.

«Warst sehr sanft mit ihr, als es passiert ist», hörte er den Alten mit entlarvender Zärtlichkeit in der Stimme sagen. «Hast sie geliebt.»

«Nichts hab ich», sagte er. «Noch hab ich gar nichts ...»

Der Alte stand auf, kam auf ihn zu, setzte sich dann neben ihn und griff nach seinem rechten Handgelenk. «Hast sie geliebt. Und hast gedacht, ist besser, auf sie zu warten. Willst immer auf sie warten können. Manchmal muß man das. Manchmal ist das ganz notwendig. Sogar lebensnotwendig. Das muß man erst mal herausfinden. Und dann darf man nicht erschrocken sein. Wenn man darüber nachdenkt, ist das nicht erschreckend. Aber die meisten denken nicht darüber nach und sind erschrocken, wenn sie es herausfinden. Weil es ihnen passiert ist und es jedem passieren kann.»

Es war lange her, daß er so viel auf einmal gesagt hatte. Die Hände des Jungen waren weich und feucht, und das Licht der Stehlampe drang nur schwach unter dem gefalteten Schirm hervor. Aber der Alte sah gar nicht hin. Er strich dem Jungen über die Handflächen, behutsam, als wären es seine eigenen und als könnte er alles herausstreichen, was in diesen Händen gelegen hatte und noch jemals darin liegen würde.

Dann band er ihm vorsichtig das schwarze Tuch in einem sicheren Knoten ums Handgelenk, weil ihm der Hals zu weit entfernt und auch zu gefährlich erschien. Der Junge würde sich wehren, und dann wäre es unmöglich, ihn zu retten. Er würde weglaufen, in ein Auto oder in die Arme der Polizei, und er könnte nichts mehr für ihn tun. Er legte die Hand des Jungen sanft auf den Oberschenkel zurück, und obwohl der Junge nicht wissen konnte, was es mit diesem Tuch auf sich hatte, war der Alte doch froh, das Tuch jetzt bei ihm zu sehen. Er wußte, diese Nacht würde er schlafen.

Er dachte an den Traum, den er jetzt öfter hatte, und fragte sich, wie lange ihm Christophorus noch gab, bevor er ihn über die Entfernung der Ostsee und über den weiten Atlantik hinweg zu sich rufen würde. Wie lange er noch hier im Halbdunkel neben dem Jungen sitzen und ihn atmen hören und darauf achten durfte, wie sein Atmen langsam wieder weniger flach und gleichmäßiger wurde.

Daniel starrte auf sein Handgelenk, um das Kathleens Haarband gewickelt war, ohne zu begreifen, wie es da hinkam, wo er es doch zerschnitten hatte. Sie waren nicht weit vom Südstern, und draußen fuhren ständig Taxis.

Nichts läßt sich umgehen. Diese Geschichte nicht. Marlies nicht, mein Kopf und ihre Sprache nicht. Alles geschieht von selbst. Es wäre ohne mein Zutun, Jahre später oder Jahre früher, genauso geschehen. Das neurotische Agieren des Jungen. Die gefälschte Erinnerung des Alten. Vorher. Nachher. Marlies hat mich in eine Falle gelockt.

Fünfhundert Seiten, hübsch auf blaues Papier kopiert und dann ab damit über'n Jordan.

Was ich schreibe, entzieht sich mir, die Außenwelt entzieht sich, für den Jungen läuft alles ins Minus, Marlies hatte recht. Ich hätte den Jungen nicht dorthin gehen lassen sollen, nicht mit zum Alten in die Weserstraße, wo sich die Zeitebenen plötzlich vermischen. So wird die Geschichte zu meiner Geschichte. Und Marlies hat es gewußt. Marlies.

Ich kann mich nicht wegschreiben von ihr, immer nur auf sie zu. Alle Ideen kamen von ihr. Wie konnte ich das je vergessen. Sie kannte ihre Figur genauer, als ich mich selbst kenne.

Das graue Schattenbild meiner Hände auf der Tastatur, Marlies' Hände, die Adern deutlich über dem Mittelknochen vortretend, das Geflecht an ihren Unterarmen, ihre Finger am Weinglas, das zackige Klackern der Tasten in der Stille des hohen Zimmers. Marlies.

Sie wohnte noch an der Admiralsbrücke, es war, lange bevor alles begann, da hat sie die Wahrheit bereits gewußt.

Sie war geschminkt, sie war zahm, sie war auffällig leidenschaftslos, fast abgebrüht, sie hatte die Nacht zuvor durchgemacht und war nicht mal müde, wir saßen in ihren Sesseln, es war ein Abend, der besonders frühlingshaft war.

Sie sagte: «Dieser Alte. Soll ich dir was über ihn erzählen?»

Ich war jung, unreif, gestärkt nur fürs Zuhören, nicht für Kritik.

Sie sagte: «Willst du's wirklich wissen? Überleg's dir gut. Es könnte den Krimi killen.» Und lachte dabei.

Über dem Fluß spielte ein Sonnenuntergang. Ich nickte, ich lehnte mich in ihrem abgewetzten Sessel zurück, auch ich lachte. Keine Sekunde dachte ich darüber nach, daß sie recht haben könnte.

In den Polstern hing ihr Parfüm, sie glühte beim Reden, ihre Haut wurde dunkel, es regte sie auf. Sie fand verrückte Vergleiche, flackerte vor Gier, mich zu überzeugen, manche Szenen spielte sie nach. Sie spitzte sie zu, bis ich nichts mehr glauben wollte, aber kurz bevor die Situation zusammenfiel, hatte sie mich wieder und landete mit ein paar scheinbar harmlosen Nebensätzen einen absoluten Volltreffer.

Sie sagte: «Also gut. Stell dir vor. Ich bin dem Alten neulich begegnet. Er trägt die Haare wie Michel Piccoli.»

«Und redet französisch, und du hast kein Wort verstanden ...»

«Er redet wie ein Dorftrottel, aber ich sag dir, es steckt mehr dahinter. Auf den ersten Blick ist das 'n ganz Braver. So einer, der sich noch entschuldigt, wenn man ihm auf'n Fuß tritt! Aber früher war er bei der Marine.»

«Klingt eher nach Monsieur Hulot. Das paßt doch nicht zu einem von der Marine, oder?»

Sie sagte: «Es kommt nicht drauf an, was paßt, sondern daß die Sachen wahrscheinlich sind. Hör zu. Ich hab mir seine Geschichte schon dreimal reingezogen. Immer wenn man ihn trifft, fängt er nämlich von vorn an. Er sitzt auf dieser Bank vorm Urban, weißt du, rechts neben den Rhododendronbüschen, und wenn man sich neben ihn setzt, fängt er an zu reden. Er hätte doch immer alles richtig machen wollen, immer alles erst genau kontrollieren, nichts überstürzen, so einer.»

Ihr Redeschwall riß sie mit, in ihre Augen trat Glanz, es war ein Trip für sie, eine phantastische Reise. Sie schilderte mir einen Kapitänleutnant mit glanzvoller Laufbahn, schon damals, baute eine komplette Kriegsflotte vor mir auf, fuhr Manöver und zeichnete Gefechtsaufstellungen vor Peenemünde und rings um den Fehmarn-Belt in die Luft, das T-Shirt rutschte ihr aus der Hose, und ich saß wie immer mit meinem ungläubigen Gesicht vor ihr, bis sie sagte: «Guck nicht so. Oder glaubst du, ich erzähl hier Märchen!

Aber woher sollte ich dann bitte die ganzen Einzelheiten wissen, hm?»

«Und dann kam der Sturm», wiederholte ich ihren letzten Satz. «Und dann?»

«Dann ist natürlich was passiert.» Sie stockte, und ich dachte, sie überlegt wohl, wie es weitergeht. Aber sie holte nur Anlauf, denn was jetzt kam, übertraf alle ihre bisherigen Einfälle.

Sie flüsterte: «Er ist der Mörder.» Dann sang sie, ihre Stimme war tief und kehlig: «Aber das, mein Mädchen, hab ich noch niemandem erzählt, denn es ist gefährlich.» In ihrem Gesicht erschien der Alte mit seiner schartigen Nase, aber sie sprang noch einmal aus dem Körper des Alten heraus. «Dreimal hat er mir das schon erzählt, wie gesagt!» Sie warf sich wieder in Pose und krächzte: «... noch niemandem, mein Mädchen. Also hör mir gut zu.»

«Wieso denn plötzlich der Alte?»

«Shhht. Es war ein Politoffizier, bei jedem war ein Politoffizier an Bord, auf jedem einzelnen kleinen Kriegsschiff saß die Partei. Wußtest du das, hat er gefragt.»

Sie sagte: «Da konnte man nichts machen, gegen die Partei, hat er gesagt, aber auch, daß der Politoffizier in diesem Sturm dann umkam ... Konnte man nichts gegen machen.»

Sie sagte: «Man kennt sich da doch nicht mehr aus, hat er gesagt, wenn das Politbüro die eigenen Leute loswerden will, das ist ja nicht sein Problem gewesen, das Politbüro mit seinen Dritte-Reich-Vorstellungen vom Krieg, das sei dann eben einer weniger mit einer großen Klappe gewesen, hat ihn ja nicht viel gekostet, irgendwann kommt immer ein Sturm, sagt er, man muß nur ein bißchen warten, und ein Politmensch ist selbst schuld, wenn er steuerbord und backbord nicht auseinanderhalten kann.»

Sie sagte: «Befehl ist schließlich Befehl, sagt er, auslaufen und nicht wieder mit zurückbringen, wenn sich die Gelegenheit bietet, möglichst nicht wieder zurück in den Hafen mit ihm, nur ohne ihn, ansonsten hatte er völlig freie Hand, sagt er, und natürlich, auf offener See bietet sich immer eine Gelegenheit, irgendwann kommt mal ein Sturm, da kann schnell was passieren, das ist ganz natürlich, daß da was passiert, da wären die Herren in ihren Trenchcoats, die in Saßnitz für eine halbe Stunde zu ihm an Bord gekommen waren, nie drauf gekommen, wäre ihnen auch egal gewesen, wollten sie auch danach nicht wissen, wozu hat man ausgebildetes Personal, wozu hat man tüchtige Köpfe, die technischen Details überließ man gern ihm, und den Politoffizier hat sowieso keiner leiden können, auch wenn er jetzt was ausgefressen hatte, was ihn auf die schwarze Liste brachte, egal, auch das hätte ihm nichts genützt, als Politoffizier war man für die Mannschaft unten durch, ein Dorn im Auge, ein schlechter Charakter, hat er gesagt», sagte Marlies. «Ein ganzes Jahr an Bord und immer noch nur Scherereien, um den wär's also nicht schade gewesen.

Und dann hat er gesagt, der Alte, das schlechte Gewissen hat er dann aber doch gehabt, und immer schlimmer ist es geworden, wo er sich sonst nie was hat zuschulden kommen lassen, auch verpfiffen hat er nie jemanden, es gäbe schließlich gewisse Richtlinien für gutes Benehmen, und an die hätte er sich immer gehalten, nur die eine Aufgabe hat er erledigt, was noch nicht mal schwierig gewesen ist, Dienst ist Dienst und Schnaps ist Schnaps, und selbst schuld, wenn so ein Politfuzzi zu blöd ist, sich an Deck vorschriftsmäßig zu bewegen, da ist ein falscher Befehl zum Ruderlegen nur noch ein Klacks. Aber die Scheidung von seiner Frau, hat er gesagt, das war schlimm. Das war wirklich der Hammer. Aber das war später, das war ja wegen des schlechten Gewissens, das dann immer stärker geworden ist, obwohl, verstanden hat er sie nicht, diese Frauenzimmer, Frauenzimmer wie Möbelhäuser», sagte Marlies. «Immer mit der passenden Deko, sag ich jetzt. Also diese Frau muß erst mal einer verstehen, hat er gesagt, und ihre dämliche Angst, daß er einen schlechten Einfluß auf seinen Sohn haben könnte. Hat er wahrscheinlich auch gehabt.»

«Sagt er?»

«Sag ich! Klar wird der einen schlechten Einfluß gehabt haben, wie soll ein Kind das aushalten, wenn sich so einer dauernd Selbstvorwürfe macht, und dann hat sie, seine Frau, schließlich das alleinige Sorgerecht verlangt. Muß schwierig gewesen sein, nach allem, was er gesagt hat, aber sie hat es durch alle Instanzen durchgeboxt. Und dann hat er ihn nicht mehr sehen dürfen, seinen Sohn, dafür muß sie gesorgt haben, die Frau. Nie mehr. Kein einziges Treffen. Radikale Abstinenz. Kannst dir ja denken, was jetzt kommt», sagte Marlies. «Alkohol und der übliche Absturz, Kapitänleutnant a. D.»

Langsam kam sie von ihrem Trip zurück, ihre Augen waren nicht mehr halb geschlossen.

Ich sagte: «Wow.»

Sie schwieg.

Ich sagte vorsichtig: «Was für eine Räuberpistole.» Und dann: «Aber ein bißchen heftig, oder? Das soll ja kein politisches Buch werden.»

«Wieso nicht?»

«Ich dachte, das hätten wir so beschlossen.»

«Dann beschließen wir es jetzt eben anders.»

«Moment mal», sagte ich. «Wenn wir schon die Volksmarine drinhaben wollen, dann laß ihn wenigstens harmlos sein. Die Literatur tut ja immer so, als hätte es nie harmlose Menschen gegeben. Alle haben irgendwie an irgendwas schuld, und immer natürlich in der Vergangenheitsform, wo das sowieso keiner mehr nachprüfen und erst recht nicht mehr auseinanderhalten kann, wo die Schuld an wem durch was jetzt verübt worden ist, die Literatur schon gar nicht.»

«Wer ist denn bitte schön ‹die Literatur›», sagte Marlies. «Was spielst du dich denn plötzlich so auf?»

«Wenn du die Schuld unbedingt drinhaben willst – wieso bist du eigentlich so schuldgeil? Ist man das im Osten?»

«– dann?»

«Dann machen wir eine völlig harmlose allgemeine Menschheitsschuld daraus, ohne jede Politik. Also beispielsweise –» Mir war die Idee mit dem Sohn gekommen. Ich sagte: «Reicht doch völlig, wenn der über Bord geht. Daran hat man sein ganzes restliches Leben zu knabbern. Statt dauernd dieser Vergangenheitsbewältigungsmist.»

Sie sah mich an wie eine der entkräfteten Madonnafiguren aus dem Warholkatalog.

«Geschichtsklitterung», warf sie mir an den Kopf.

«Aufarbeitungsprosa», hielt ich dagegen. Marlies sprang auf.

«Verantwortungslosigkeit», rief sie. In ihrer Stimme war auf einmal ein fiebriges Zittern, etwas Spitzes, das sie deutlicher als sonst, fast abgehackt sprechen ließ.

«Hetze!» rief ich.

Sie brüllte: «Verleugnungsstrategien, Verharmlosungskampagnen, Verweigerungstaktiken, Verschweigen, Vertuschen, Verteufeln, Verrat und: Lüge, Lüge, Lüge!»

Jetzt war ich wieder dran. «Verschwörungsparanoia», sagte ich und setzte noch was Stärkeres hinzu: «Wo ist denn das noch realistisch? Wie willst du denn heute noch vernünftig Stellung beziehen? Das ist Tatsachenverkennung.»

«Tatsachenverkennung», unterbrach sie mich. «Genau. Danke. Das hatte ich vergessen.»

«Aber da draußen ist alles viel diffiziler geworden. Guck dir so einen Volker Braun doch an! Das Schematische hat sich überlebt. Das wäre Propaganda. Agitprop. Denken in bekannten Hierarchien. Das ist doch deine Rede!»

«Westliche Propaganda», sagte Marlies, was überhaupt zu einer ihrer Lieblingswendungen geworden war. Sie machte eine Pause. «Darling», sagte sie und setzte sich wieder hin. Sie wurde erstaunlich ruhig. «Wir sind vielleicht naiv. Aber blöde werden wir doch wohl nicht sein. Wir lassen uns doch von solchen Theoretikern nicht kaltmachen!» Dann gab sie mir eine schwarze Mappe. «Hier», sagte sie, «guck rein. Es geht nicht anders. Wir haben keine Alternative. Überzeug dich selbst.»

Aber ich habe nicht reingesehen. Ich habe die Mappe in meinen Rucksack gestopft, bin vier Wochen später nach Schweden gefahren, und bis heute habe ich nicht mehr daran gedacht.

Marlies besaß Stapel solcher Kunstledermappen, die sie überallhin mitnahm. Hammer und Zirkel prangten groß und erhaben im Ährenkranz auf dem Deckel. Wobei erhaben hier falsch verwendet ist. «Was du sagen willst, ist konvex», hätte Marlies sofort korrigiert, und was ich meine, ist: das Wappen trat als Prägedruck aus dem Deckel hervor.

Jedenfalls muß alles, was sie jemals notiert hat, in diesen Mappen sein. Ich besitze nur diese eine, die sie mir damals, noch vor dem Sommer, gegeben hatte. Sie liegt ganz hinten im Schrank. Ich hatte vergessen, wie leicht sie ist. Schon damals dachte ich, wahrscheinlich hat sie mir flüchtig einen Entwurf ihrer Idee gemacht, und ich sollte jetzt alles schön ausformulieren. Oder sie hat mir einen Brief geschrieben und wußte, ich würde ihn nicht lesen oder erst viel später, wenn schon alles vergessen ist. Es kommt mir vor wie ein Sakrileg, die Mappe jetzt zu öffnen.

Es ist fast nichts drin. Eine ganze Mappe für einen einzigen Zeitungsartikel. Zerknittertes Papier, irgendwo rausgerissen, das sie dann flüchtig geglättet haben mußte. Wahrscheinlich aus einer der Zeitungen, die brandenburgische Bauernhöfe auf der Titelseite zeigen, aber von der FAZ gekauft worden sind.

«Nassen Sachen auf der Spur». So lautet die Überschrift. Darunter sitzt ein bärtiger Mann vor einer Zimmerpflanze. Die Zimmerpflanze steht in der Birthlerbehörde. Der Mann sagt, er untersuche die Verbrechen der Staatssicherheit.

Geschichtsklitterung, höre ich Marlies sagen. Keine Grabsteine, keine Vergangenheiten und jetzt: die Staatssicherheit.

Es gebe Indizien, sagt der Mann, für eine sogenannte «DDR-Truppe für nasse Sachen». Unter nassen Sachen, sagt er, seien Anschläge, Auftragsmorde oder Sabotageakte zu verstehen. Verübt vor allem in den 60er und 70er Jahren, sagt er, an Oppositionellen im eigenen Land, aber auch an Politikern und Wirtschaftsbossen im Westen. In den 70ern hätten MfS-Agenten Menschen beispielsweise mit Radioaktivität markiert, ohne daß diese markierten Menschen jemals davon erfahren hätten, sagt er. Die Markierung trat nämlich weder erhaben noch konvex oder anderweitig markant aus der Haut hervor. Die Agenten hätten ihre eigene Verstrahlung dabei billigend in Kauf genommen.

Ohne Abstraktion, sagt der Mann noch, bekäme er hier psychische Probleme, ohne Abstraktion hätte er Schaum vor dem Mund. Aber mit Schaum vor dem Mund lasse sich nicht forschen.

Darunter hat Marlies vier Zeilen mit einem Textmarker in flammendes Orange getaucht.

«Als Rudolf Bahro das Manuskript seines ersten Buches, ‹Die Alternative›, vervielfältigte, indem er es zehnmal auf blaues Papier kopierte, um es im Freundeskreis zu verteilen, kontaminierten Stasimitarbeiter die Papiere mit Cäsium 137. So konnten sie mühelos deren Weg nachvollziehen. Bahro, der das Manuskript 14 Tage bei sich trug, setzte sich einer hohen Strahlendosis aus.» Der Schriftsteller sei relativ bald darauf an Blutkrebs gestorben.

«Was ist damit bewiesen?» sage ich.

Kein Mensch ist soviel wert wie seine Bücher, sagt Canetti, hat Marlies böse an den unteren Rand geschrieben.

«Na und», sage ich zu Marlies in die Dunkelheit, «was soll das noch? Die Zeit ist aus den Fugen. Ausgerissen wie die Knöpfe an den Anzugjacken all dieser Männer.»

Als ich die Mappe zuklappe, atmet jemand aus.

Jemand wird die Mappe dann auch wieder nach hinten in den Schrank zurückgelegt haben.

Es ist mitten in der Nacht.

Es ist meine Wohnung. Auf dem Schreibtisch steht die blaue Tasse, an der der Henkel abgebrochen ist, der Kaffeerest darin ist angetrocknet. Vor dem Schrank und auf dem Fensterbrett liegen Flusen, ich habe Hunger, aber keine Lust zu essen. Es ist weder die Wohnung des Jungen noch die des Alten, der aussieht wie Michel Piccoli. Es ist nicht die schimmelnde Erdgeschoßwohnung von Marlies oder die einer ihrer Männer.

Es ist die Wohnung, in der ich seit Wochen ununterbrochen am Schreibtisch sitze. Im CD-Player liegt die Nocturne Opus 9, Nr. 1 b-moll von Chopin, seit Stunden.

Das Fenster ist geschlossen. Die Scheibe ist kühl. Wenn ich meine Stirn dagegenlehne, erinnert es mich an nichts.

Auch nicht mehr daran, wie ihre Haut riecht. Es gibt keinen Grund mehr, sich an Marlies zu erinnern. Es ist vorbei.

Draußen sind die nachgemachten Gaslaternen angesprungen und werfen ihr dünnes Licht über die Brücke und hinunter auf den Kanal. Das Licht ist unruhig, es springt im Wind hin und her. Oder es ist nur die Unruhe in meinem Kopf, die noch nicht vorbei ist.

Oder es ist die Gestalt unten auf der Brücke, die das Licht verschiebt und sprunghaft erscheinen läßt. Ich bin erschöpft. Was geht mich das Licht noch an, jetzt, wo es zu nichts mehr dienen muß. Auch die unterschiedlichen Helligkeiten gehen mich nichts mehr an. Kreise, die die Dunkelheit ausschließen, aber dahinter beginnt die Dunkelheit neu.

Je nach Bewegungsrichtung der Gestalt nimmt die Helligkeit zu oder ab. Aber ich will nur so dastehen. Ich will an nichts erinnert werden.

Die Straße und das Ufer sind leer. Bis auf diese Gestalt, die sich in die Leere hineingeschoben hat. Sie kommt mir bekannt vor, ich will nicht wissen, woher. Sie ist nichts als die Bewegung der Luft, die das Gaslaternenlicht im Wasser spiegelt. Ein gespeichertes Bild, das unerwartet an die

Oberfläche getrieben ist. Aber sie ist nicht zu übersehen in diesem unerträglich falschen Licht, sie drängt sich auf, sie bohrt sich ins Zentrum.

Es ist die Geschichte, die immer noch Gestalt annimmt, auch wenn ich wegsehe, auch wenn der Bildschirm verschwimmt und die Details meiner Wohnung aus dem Blickfeld geraten. Die ebenso Gestalt annimmt wie Marlies und ihr sparsamer Körper. Und wenn es um diese Uhrzeit tatsächlich der Alte sein sollte, dann muß es der sein, dem ich damals begegnet bin und den auch Marlies gekannt hat: irgendein Patient aus dem Urbankrankenhaus.

Er steht auf der Brücke, den Mantel offen, und er sieht hoch.

Klar konturiert. Die Haare wie Michel Piccoli. Es besteht kein Zweifel. Er legt den Kopf in den Nacken. Seine Augen sind lichtgefüllt, aber von hier oben trotzdem nur zu erahnen.

Ich drehe mich weg, vorsichtig, um keine Aufmerksamkeit zu erregen. Um nicht beim Beobachten ertappt zu werden. Hingucken und Ohren aufsperren, das ist die ganze Kunst.

Dabei ist es dunkel, nichts im Zimmer ist deutlich. Nur der Schein, den die Stadt an den Nachthimmel wirft, fällt ins Zimmer und läßt die Möbel aussehen wie unter Gaze. Ich hab vergessen, Licht zu machen, als es dunkel wurde. Der Bildschirm leuchtet.

Ich weiß, was er denkt, während er da unten steht. Ich weiß es jetzt. Er denkt sich den Tod seines Sohnes aus. Er denkt sich einen Sohn aus, an dessen Tod er schuld ist. Sein schlechtes Gewissen hat sich den Tod seines Sohnes nur ausgeliehen, um ein besseres schlechtes Gewissen zu werden. Besser daran ist, daß es weniger sinnlos ist als der Mord an einem Fremden. Ich weiß es mit immer größerer Sicherheit. Er hat sich den Mord an seinem Sohn ausgeliehen, wie man sich nach Kriegsende und im frühen Sozialismus Kinder ausgeliehen hat, um die Lebensmittelration zu verdoppeln.

Mir ist kalt. Ich stelle die Heizung unter dem Fenster an. Ich bleibe am Fenster.

Es ist so dunkel, als stünde ich freischwebend zwischen den Lichtern unten und dem Himmel. Es ist so dunkel, als gäbe es nichts mehr, was mich hielte, weder die Wände des Zimmers noch den Fußboden, noch die Glasscheibe vor mir. Nichts, was einem die eigene Anwesenheit beglaubigt.

Marlies ist tot.

Marlies hat mir einmal gesagt, am meisten von allen gehöre sie mir.

Aber was einem gehört, kann nicht verschwinden. Denn solange ich lebe, wird sie unsterblich sein.

Mir wird schwindlig. Der Alte steht da unten, als wüßte er genau, wie das ist. Sein hoch aufragender Körper neben der Gaslaterne.

Er steht da, als wüßte er, daß man jederzeit ausscheren und abstürzen kann, daß es niemanden gibt, der einen erkennt und auffängt. Nur den Glauben gibt es. Aber wenn der Glaube weg ist, bleibt nichts. Nichts wird je anbrechen, nichts macht uns jünger oder älter, wir werden nie erfahren, wie wir sein werden, weil wir immer nur sind, aufgehoben in den Stimmungen der Tage. Nichts wird sich verändern, und nichts kann kommen, was nicht schon gekommen ist. Er hatte recht. Alles wird immer schon dagewesen sein, nur die Bedeutungen können sich um wenige Grade verschieben, auch das ist die Kunst und die Trägheit der Sprache.

Wäre es hell im Zimmer, müßte ich jetzt an meinem eigenen Spiegelbild vorbei den Alten unten auf der Straße sehen. Aber man kann nicht am eigenen Spiegelbild vorbeigucken. Man sieht immer nur wieder sich selbst.

Hier im Dunkeln ist nicht mal die schwächste Kontur meines Gesichtes in der Fensterscheibe zu sehen. Es ist, als wäre ich nicht da.

Aber auch der Alte da unten in diesem Sturm, der das Kanalwasser vor sich hertreibt, kann mich hier oben am Fenster nicht sehen. Es ist dunkel.

Er kann gar nicht wissen, daß ich hier bin. Er hat mich noch nie hier stehen sehen.

Und Marlies hat es die ganze Zeit gewußt.

Plötzlich, mit der Stirn am Fensterglas, da, wo das Dunkel der Nacht und das Dunkel des Zimmers durch nichts getrennt sind als durch die daumennagelgroße Stelle, wo das Glas die Stirn berührt, bin ich mir sicher.

Sie hat mich geliebt.

Sie liebt mich da, wo nichts ist.

Und es ist völlig vergeblich, sich zu wünschen, der Vorgang des Ertränkens wäre eine Möglichkeit, auf die es genau zwei wenn auch einander widersprechende Antworten gäbe.

Es ist so geheimnisvoll, wie alles, was leer ist.

Da hatte es begonnen.

Als Daniel zitternd am Fenster stand, ein Haarband am Gelenk, in dem noch das ausgerissene, nasse Haar seiner Freundin hing. Es war nicht viel. Aber er sah deutlich, wo es ausgerissen war, er sah noch die weißporige, blasse, schimmernde Stelle am Hinterkopf. Dünn klebte es ihm an der Haut, fiel über seinen Handrücken, einzelne Strähnen fühlte er glitschig zwischen den Fingern. Er schüttelte seine Hand aus, ohne die Haare loszuwerden. Und dann sah er sie wachsen, immer noch weiterwachsen, sein Gelenk hoch zum Ellbogen wachsen ...

Als er den Alten mit entlarvender Zärtlichkeit sagen hörte: «Hast sie geliebt.»

Als er sich schließlich einredete, ausgedacht worden zu sein. Er dachte nicht an Kathleen. Kathleen wäre nie in der Lage gewesen, sich etwas über ihn auszudenken, abgesehen von diesem billigen Spitznamen, der eine Verstümmelung seines wirklichen Namens war. Er redete sich ein, eine transzendente Körpererweiterung über der Frau im Café zu sein, nur eine weitere Dimension von ihr, eine erneute, nee, erneuerte Weitung ihres Bewußtseins unter dem schnurgerade gezogenen Pony, ein Körper L, der eine transzendente Erweiterung über einem Körper M war, solange sein Minimalpolynom gleich Null, sein Minimalpol ..., nee, Polynom also Null, minimal und sein Grad unendlich..., ja. Unendlich war.

Als er merkte, wie sich ihm ausgerechnet jetzt der mathematische Begriff entzog. Die Definition war nicht korrekt. Weil diese Frau in ihren billigen Röcken seine eigene Erfindung und kein realer Körper war.

Als er sich fiebernd vor Angst flüstern hörte: «Aber ich werde nichts gemacht haben!»

Und es ihm dann wirklich gelang, in dem Moment, als er nach unten sah.

«And long and loud,
To night's nave upsoaring,
A starknell tolls
As the bleak incense surges, cloud on cloud,
Voidward from the adoring
Waste of souls.»

James Joyce: *Nightpiece*

Ich danke herzlich Dr. Günter Krause und
Astrid Schnädelbach für ihre wertvollen Hinweise.